養成守護靈

SPIRIT GUIDE

1 幻靈的神奇天賦

貓邏——著
喵四郎——繪

花寶

種族　幻想系幻靈

等級　初級幻靈

身高　30公分

天賦　治療、創造、慈愛

性格

對認定的自己人溫和，
對外人不理不睬。

外型

頭髮是如同櫻花一樣的粉色，頭頂長著嫩綠的幸運草，容貌精緻漂亮，宛如精緻的白瓷娃娃。

商陸

年紀 **28歲**

身高 **185公分**

職業 **契靈師**

契靈 **大白狼**

性格

外冷內熱，認真負責、堅毅堅強，對幻靈相當好，會將幻靈當成孩子養。

外型

棕髮藍眼，身材高䠷挺拔，習慣穿休閒式西裝，擁有學者與富家少爺的氣質。

Contents

第一章

花朵中誕生的新型幻靈！

01

生機勃勃、蒼翠遼闊的翡翠樹海中，有一座廣大如同海洋的淡水湖，這湖泊就像一顆璀璨的藍寶石，鑲嵌在鮮妍翠綠的翡翠樹海之中。

湖泊的名字叫做「歐貝拉爾湖」。

歐貝拉爾是一種水系幻靈的名稱，這座歐貝拉爾湖就是歐貝拉爾們的棲息地。

歐貝拉爾的外觀像是粉白色的海豚，跟一般海豚的差異處在於，歐貝拉爾的額頭上有一隻獨角，他們行動時，身邊會泛起一陣陣的水藍色波光，甚至可以短時間在空中悠遊，看起來就像是童話故事中才會存在的夢幻生物。

歐貝拉爾的性格溫和，是幻靈中智商較高的種族，他們跟其他幻靈一樣，都具有領地意識，但是他們並不會在陌生幻靈闖入領地時就暴躁地發動攻擊，他們會觀察和詢問對方來意，再決定要不要同意對方在此處暫歇。

歐貝拉爾們甚至會在幻靈和人類受難時主動給予援助，是一種外表美麗、性格仁善，在人類國度中相當受歡迎的幻靈。

花寶看著在湖中戲水、宛如水中精靈的美麗幻靈，再度慶幸，自己是誕生在歐貝拉爾湖，遇見的是這群和善、溫柔的水系幻靈，而不是跑到脾氣暴躁的幻靈棲息地。

要不然，按照她剛剛誕生，身高只有十公分的小身板，人家只要一腳就能踩死她了！

歐貝拉爾族不僅收留了她，還為她取了「花寶」這個名字，意思是「從花朵中誕生的珍寶」。

嘻嘻，她是珍寶耶！這個名字真好聽！

花寶的誕生原因至今未明。

根據發現她的歐貝拉爾族人描述，孕育她的「母親」，是一株生存在湖畔、來歷不明的大型植物，花寶就是從「母親」的花苞中誕生的。

那朵孕育她的巨大花卉，在花寶誕生後就化為光芒消失了。

花寶透過湖水看過自己的模樣，她不清楚其他幻靈的審美，但是她覺得自己相當可愛！

粉髮綠眼，髮長過肩，頭上長著一棵幸運草小苗，雙臂是長長的葉片狀，可以隨著她的心意伸長縮短，就算受傷、毀損了也能夠復原，身軀是綠色調，體型像是Ｑ版一樣圓胖可愛，就像是植物擬人的Ｑ版模樣。

「植物擬人」、「Ｑ版」這樣的詞彙，是她從出生自帶的動漫論壇中學到的。

她可以看到一個別的幻靈都看不到的動漫論壇，論壇上有好看的漫畫和動畫，有好多人類在交流，她從人類那裡學到了很多東西。

歐貝拉爾的首領伯伯對她說，那論壇應該是她的天賦技能之一。

首領伯伯說，像她這樣因為能量充足、機緣巧合之下誕生的新型幻靈，雖然不常見，但也不算罕見，百年來總會出現一、兩位，每一位新型幻靈都具有獨特的天賦，只要能夠順利成長，都能夠成為厲害的幻靈。

首領伯伯還叫她不要因為自己沒有族群的庇護就傷心難過，既然她誕生在歐貝拉爾的棲息地，那麼他們就是夥伴、是家人，歐貝拉爾族會庇護她。

有了歐貝拉爾族長的保證，花寶這才能在歐貝拉爾湖過得自在安穩。

花寶的動漫論壇有一塊「屬性表」，上面有她的外觀模樣，還有她的屬性和技能。

花寶可以從屬性表中，清晰地了解自己的成長軌跡。

另外，花寶從其他哥哥、姐姐的討論中得知，動漫論壇有很多人氣動漫，但是花寶只能看見一部名為《契靈守護》的作品。

花寶曾經疑惑地詢問過，為什麼會有這樣的情況。

論壇上的哥哥、姐姐以為她是在開玩笑，笑嘻嘻地列舉各種可能，其中被點讚最多的是：

這還用問嗎？肯定是穿越了！穿到《契靈守護》的世界！

花寶知道穿越是什麼，她本想反駁，但是她反駁的話語都沒能發上論壇。

像是被動漫論壇禁止了一樣。

後來小花寶又看了其他人的猜想，她覺得，有個猜測比較符合她的情況——漫畫中的世界，就是她生活的這個世界！她只是誤打誤撞獲得了「劇情」。

《契靈守護》是一部描述人類跟幻靈聯手合作，共同抵禦和驅逐侵略家園的魔物的少年漫畫，在論壇上的人氣相當高，各項成績都是論壇排行榜的第一名，網友的討論度相當熱烈。

要是真的按照論壇的哥哥、姐姐們所說的「穿越套路」，像她這樣穿進漫畫中的，應該會跟主角們相遇，幫助他們扭轉不好的命運，或是參與到劇情之中。

可是《契靈守護》的漫畫已經完結了，動畫正在播映，而她誕生到現在，都沒有遇見過主角或是配角……

不，別說是漫畫中的角色了，她連一個人類都沒有見到！

這樣看來，她的「存在」，好像跟劇情無關啊……

她原本還想著，要是她真的遇見那些主角，她就能跟她喜歡的男配「商陸」契約，成為他的幻靈夥伴，跟他一同作戰，幫助他扭轉那些悲劇呢！

商陸是北區巡夜人團隊的隊長，在漫畫中的人設是高富帥、美強慘。

在他小時候，家人被魔物吞噬，當時的他年僅十歲，這次的事件導致他成為巡夜人的決心。

當他進入巡夜人隊伍時，當時的北區隊長是他敬愛的老師，對商陸來說，老師如同他的家人，兩人的感情很好，只是後來老師為了救他死了。

之後他從隊員一路晉級到北區隊長，在一次重大事件中，他拚著九死一生殺死魔物，與他契約的幻靈夥伴死傷大半，跟他感情最深的初始契靈「白狼」身受重傷，而他自己也遭受魔氣侵蝕，時刻要壓制體內的魔氣，避免自己變成怪物。

在身心都受到巨大折磨時，他還要受到外界的質疑和同事的警惕，在漫畫結尾，他選擇了退役，退出了他摯愛的巡夜人隊伍。

因為商陸的遭遇實在是太慘了，商陸的粉絲們嗷嗷叫著要送刀片給漫畫家！為她家陸神、陸寶報仇！

花寶之所以關注商陸，一是因為憐惜他的遭遇，二是被他對待幻靈的溫暖和各種細節打動。

在一些日常劇情中，商陸會親自下廚為幻靈們煮飯；會去研究市面上的幻靈食品、營養補給品、藥劑和各種用品，給自家幻靈購買最適合的商品，要是市面上沒有合適的，那他就自掏腰包向商家訂製；他還會親自為幻靈洗澡、按摩、養護毛髮、鱗片，自己設計和組裝玩具跟幻靈玩，做各種對幻靈有益的事情。

簡直將幻靈當成自己的孩子養！

花寶很羨慕商陸跟幻靈之間的氛圍。

她也想要擁有這樣的「家人」。

可惜，雖然她「可能」跟商陸在同一個世界，但是她卻見不到商陸。

或許，等到長大以後，她可以離開秘境去找商陸？

02

清晨，陽光緩緩照亮天際，光線逐漸在大地擴展開，映照到樹木、花草、湖泊以及座落於湖畔巨石底下的小屋上頭。

這座小屋子是花寶跟歐貝拉爾的小夥伴聯手搭建的，底層鋪著石頭和柔軟的水藻，再以木頭作為支撐的房柱，頂端的屋頂是用如同海帶寬闊又巨大的水草鋪成。

陽光穿過窗口縫隙，映照到花寶臉上，讓她緩緩甦醒過來。

她從外觀與棉花相似的柔軟花型床鋪上起身，揉了揉眼睛，大大地伸了個懶腰，而後開始一天的例行工作——打開動漫論壇，簽到！

【叮！簽到完成，獲得一百顆翡翠果，一千積分，動漫幣一千元。】

翡翠果是一種能量水果，味道酸甜多汁，體積約莫雞蛋大小——但是對身形嬌小的花寶來說，這翡翠果的體積就跟籃球差不多。

簽到積分是以一星期為累計循環，積分、果實和動漫幣都是固定的，差別只在於每天供應的果實品種不同，而且果實的能量等級會跟著花寶本身的等級增加，提供她每個階段的營養需求。

動漫幣是在動漫論壇上使用的虛擬貨幣，用來觀看需要付費的動漫，購買相關周邊和虛擬寶物等等。

積分可以成為她的成長值（經驗值），多虧簽到獲得的積分，花寶在剛誕生時，什麼都不懂、什麼都不會，就是靠著簽到積分成長的。

隨著會員等級從零級提高到二級，她的身高也從一開始的十公分變成現在的三十公分。

花寶注意到，她的會員等級每提高一個等級，身高就會長大十公分，她很期盼自己可以再長大長高一點，最好能夠跟歐貝拉爾族一樣高！

這樣她跟小夥伴們玩耍時，他們就不用小心翼翼地控制力氣，害怕一不小心就將她搧飛了！

每日簽到除了可以獲得積分之外，還能獲得週禮包、月禮包、季禮包和年禮包。

禮包開出的贈禮種類繁多，有技能、材料、道具、幻靈的各種用品和抽獎券。

目前，花寶從月禮包中獲得【技能：能量提煉（初級）】、【技能：防護屏障（初級）】以及【技能：治療（初級）】，另外還有營養藥劑、力量藥劑、治療藥劑各十二組，一組二十瓶。

雖然技能的初始等級都是初級，不過它們可以經由論壇的簽到經驗值和鍛鍊升級，目前花寶已經將三種技能提高到中級了。

而週禮包給的物品則是各種有使用次數限制的道具，以及生活上能夠用到的各種物資，像是盥洗用具、餐廚具、調味料組、寢具等等。

季禮包則是獲得可以永久使用的飛行道具「飛翔的雲朵」。

花寶最喜歡的就是飛翔的雲朵了，雪白柔軟的雲朵可以隨著花寶的想法放大縮小、飛快飛慢、飛高飛低，讓她這個小短腿可以不用為了路程辛苦奔波。

除此之外，每一種禮包都會附帶數張到一百張不等的抽獎券，讓花寶抽獎。

抽獎券抽到的獎品有八成是食物、玩具、裝飾品和動漫幣，餘下的兩成是有使用次數限制的道具、技能和知識類的書籍，像是《一百種初級能量果實介紹》、《一百種常用的藥劑配方》、《幻靈的特殊進化介紹》、《幻靈寶寶照顧教學》等等。

這些書籍只要她認真地看過一遍，就會自動融入她的論壇中，成為她書架上的一部分，除了方便日後查閱之外，還會附贈「搜尋」和「提示」功能。

例如《一百種初級能量果實介紹》這本書，花寶可以選擇其中一樣或是多樣果實標上記號，以後要是她的周圍出現標記過的能量果實，就會自動被打上一圈光暈作為提醒。

當花寶將目標果實採摘下來後，腦中就會自動出現果實的各種使用方式，相當方便！

這也讓沒有親人教導的花寶，透過這些方式學習到各種知識和技能。

「花寶、花寶，起床啦！出來玩啦！」

門外傳來小夥伴的呼喚聲，花寶笑嘻嘻地應了一聲，快速關閉動漫論壇，跑到外面跟小夥伴會合。

在門外呼喚花寶的小夥伴是三隻小白海豚，名字分別是「莉莉」、「朵朵」和「浪浪」，兩雌一雄。

莉莉和朵朵是極為罕見的雙胞胎幻靈，據說像她們這樣的雙胞胎幻靈的出生機率是億萬分之一，也因如此，莉莉和朵朵在子嗣稀少的歐貝拉爾族深受喜愛。

浪浪是莉莉和朵朵的哥哥，像他這樣的雄性歐貝拉爾，一般都是跟同性玩伴在一起玩鬧的，但是因為莉莉和朵朵的身體不好，他便以保護者自居，在妹妹們要出門遊玩時，他會陪在她們身邊保護。

後來花寶抽中治療技能和藥劑時，徵詢過莉莉和朵朵父母的意見，給她們刷了幾回治療，又給她們喝了一瓶治療藥劑，想要看看能不能醫好她們的身體。

結果發現，治療技能和治療藥劑對莉莉和朵朵沒有效果，畢竟她們沒有受傷，只是體質虛弱。

這結論令人失望，不過也不是沒有辦法解決。

既然是體質虛弱，那就是跟營養有關了，多吃點營養補給品應該有幫助！

花寶拿出每日簽到的能量果實給朵朵和莉莉吃，服用後發現，能量果實對她們的身體有助益，兩人的體質確實好了一些！

發現有效果，花寶便留下自己食用的分量，將剩餘的大半能量果實送給她們，而莉莉和朵朵的父母也回贈她適合崽子吃的藻類和補給品。

在能量果實的滋補下，現在莉莉和朵朵的身體已經恢復正常了。

只是浪浪保護妹妹們已經成了習慣，即使妹妹們只是到湖邊岸上找花寶玩耍，浪浪還是堅持將她們送到花寶家門口。

「花寶出來啦！哥哥你可以去跟朋友玩了。」朵朵催著浪浪離開。

她們小雌性在一起玩耍，旁邊跟著一個雄性多奇怪呀！

「我會送莉莉和朵朵回家的。」花寶也笑著保證道。

她們只是在歐貝拉爾湖邊玩耍，周圍的歐貝拉爾族人都關注著呢！怎麼可能會讓她們發生危險？

只是浪浪想要保護妹妹們的心意很體貼，花寶很喜歡他們兄妹之間的感情，自然也不會說破。

在花寶的保證和妹妹們的催促聲中，浪浪放心地離開了。

「花寶，今天我們要玩什麼？」

朵朵跟莉莉開開心心地坐在湖邊的草地上，而身形嬌小的花寶則是坐在飛雲上，飄浮在跟小夥伴視線齊平的位置。

「花寶，我們來玩煮菜菜！」莉莉第一個提議。

「好！花寶當廚師！我們當客人！」朵朵也開心地附和。

「妳們又沒吃早餐了？」花寶早就看穿這兩個小夥伴的心思了。

每次找她玩耍，十次裡頭有八次都是玩煮菜菜遊戲，每次都是她當廚師，她們兩個負責吃！

「花寶煮的菜菜好吃！」

「阿母煮的菜菜不好吃！」

莉莉和朵朵嘻嘻哈哈地笑著，吐槽著自家媽媽的廚藝。

歐貝拉爾族還真是沒什麼廚藝可言，負責採集食物的大人們，在採集到水果、水草、水藻、魚蝦後，就將它們搗一搗，弄成糊糊狀給年幼、牙齒還沒長好的崽子們吃，而年紀大一點、可以自己進食的大崽子就省去最後的搗糊工作，直接讓他們自己吃。

花寶沒學過廚藝，但是她抽到《幻靈寶寶照顧教學》，教學中有食譜，雖然材料並不相同，不過基礎的烹煮方式都差不多，她便自己加加減減地調整，做出來的食物竟然還挺好吃的！

在這之後，朵朵和莉莉就喜歡上煮菜菜遊戲了。

「我有帶果果跟魚魚！」

「我有帶菜菜跟蝦蝦！」

莉莉和朵朵乖巧地將自己帶來的食材交給花寶。

煮飯需要一段時間，花寶便將她們帶來的水果跟蔬菜，使用能量提煉技能，將它們萃取成濃縮的蔬果汁。

這種經由萃取而成的蔬果汁，會比直接食用蔬果還要好吸收，而且能量會更加溫和精純，相當適合崽子們食用。

「謝謝花寶！」

莉莉和朵朵開心地道謝後，驅動水系能量，將蔬果汁包裹成圓球狀，飄浮到面前後再張嘴吃下。

看著兩隻小海豚進食的可愛模樣，花寶彎著眼睛笑了笑，拿出放在空間裡的廚具和鍋碗瓢盆，開始進行烹飪。

03

幻靈們吃的都是兼具營養和能量的能量食物，而烹調過程中，會造成營養和能量的流失，所以花寶在進行料理時，都是採用減少流失情況的烹調方式。

歐貝拉爾族是吃生食的，食物只要調味得宜，就算是生菜沙拉也好吃！

花寶晃著葉片手臂，捲起一隻隻蝦子，剝殼去頭，抽出蝦背的腸線。

這湖中的蝦子營養充足，體型巨大，幾乎可以媲美龍蝦的體積，但是這湖蝦的殼沒有龍蝦殼那麼厚實，反而跟一般的蝦子差不多，薄薄的一片，莉莉和朵朵她們這樣的幼崽也可以咬碎吞下。

不過花寶總覺得不剝除蝦殼的話，品嚐蝦子時會有一種吃到雜質的感覺，所以她還是寧可花費一些時間去除蝦殼。

她的雙手雖然是葉片形狀，沒有手指，卻十分靈巧，能夠充當刀子、叉子，也能夠捲起各種東西，應對各種情況。

花寶將葉片邊緣轉為利刃，劃開蝦子背部取出腸線，斬下帶有蝦膏的蝦頭，加入調味料，與去殼的貝類和螺類一同熬煮，變成濃稠的鮮蝦醬。

緊接著，花寶翻找會員空間裡的儲存格，取出大號的沙拉碗。

——系統提供的物品，包括寢具、餐廚具、食物、生活用品這些，都是可以自動放大縮小的，讓花寶在使用上相當便利。

因為是要做給莉莉和朵朵吃的食物，兩隻小海豚的身長可是有一公尺多，胃口自然相當大，所以花寶使用的沙拉碗也是最大尺寸，碗口直徑有一公尺，深度有兩公尺，完全是可以讓花寶當成游泳池的規格！

將去頭去殼的蝦身跟各種切好的生菜、水果放入大型沙拉碗中，再加入抽獎獲得的美味沙拉醬攪拌均勻，就是一道鮮美可口的生菜沙拉了。

「妳們先吃沙拉墊墊肚子。」

花寶將沙拉碗推到雙胞胎面前，緊接著處理鮮魚。

莉莉帶來的鮮魚非常巨大，重量少說也有五十幾斤，料理這些魚對花寶來說也是一大挑戰。

「嘿呀！」

花寶的葉片手臂伸長，變成了又長又細的一公尺長刀，而後對著魚頭狠狠一揮！

「喀！」

魚頭魚身被乾淨俐落地分開，斷面平整光滑。

「來，幫忙沖一下水。」

她指揮著莉莉和朵朵用水系法術清洗魚身和去除魚鱗。

兩隻小海豚的去鱗手法就是將整片魚皮剝下。

花寶也沒有制止，料理需要的是魚肉，魚皮本來就沒打算留。

扒去魚皮後，魚肉切片，再用口感清脆、吃起來有著微微沁涼感的蔬菜葉捲起，一個個整齊地擺盤後，撒上紅豔豔的醃漬鮭魚卵點綴。

魚肉本身的鮮美甘甜搭配清新爽口的蔬菜葉，能讓魚肉的口感和滋味雙雙提升，醃漬鮭魚卵的鹹味可以讓魚肉的鮮美更加明顯，讓這道料理的層次感更加馥郁。

花寶很喜歡吃醃漬鮭魚卵，這些醃漬鮭魚卵是抽獎獲得的物品，鮭魚卵經過調味，滋味鹹鮮，咀嚼的時候，會感覺到鮭魚卵在嘴裡爆開，汁水馥郁，吃起來很有趣味。

把先前剁下的鮮魚頭、魚骨以及被剝下的帶鱗魚皮放入油鍋中小火慢炸，炸好之後撒上胡椒鹽，就是一道鹹香可口、酥酥脆脆的飯後點心了。

做完這些，花寶又從空間倉庫裡取出先前抽獎抽到的蛋糕和點心，甜點加上剛才煮的食物就是她們今天的早餐啦！

早就將沙拉吃完的莉莉和朵朵，在花寶擺出蛋糕和點心後，就知道她已經完工了，她們可以開吃了！

「先吃正餐再吃點心！」花寶在用餐前例行提醒著兩隻小海豚。

跟所有小孩一樣，小海豚們也是喜歡甜點零食多過正餐的，要是不提醒她們，她們肯定會先吃點心！

莉莉和朵朵「呼嚕呼嚕」地吃完了正餐，喜孜孜地吃起了蛋糕。

花寶拿出的蛋糕都是空間倉庫中最巨大的，面積足夠讓她當成房子的規格，不過放在小海豚面前，這些蛋糕就成了比杯子蛋糕略大一些的模樣，只夠她們吃上幾口。

莉莉和朵朵一改先前大口狂掃食物的模樣，很珍惜地一小口、一小口品嚐。

看著小海豚可愛的進食模樣，花寶笑得眉眼彎彎，看著小海豚的目光也越加柔和。

【叮！小幻靈花寶的隱藏天賦「慈愛」覺醒！】

論壇的提醒音讓花寶回過神來，她困惑地打開論壇界面，觀看自己的屬性表。

姓名：花寶

種族：幻想系幻靈

等級：初級幻靈

身高：30公分

天賦：治療、創造、慈愛

技能：能量提煉（中級）、防護屏障（中級）、治療（中級）

知識：《一百種初級能量果實介紹》、《一百種常用的藥劑配方》、《幻靈的特殊進化介紹》、《幻靈寶寶照顧教學》

治療和創造兩種天賦是她原本就有的，至於新冒出的「慈愛」……這東西有什麼用啊？

花寶點開「慈愛」的詳細介紹，出現了一段介紹文字——

慈愛：對於認定的夥伴和幼崽（不限種族），都會像母親一樣地照顧、教育和保護他們，而被照顧的幼崽們會成長得比一般幻靈還要茁壯，進化的機率也更大！

……是類似母愛一樣的天賦？

花寶神情複雜地看著莉莉和朵朵。

她還以為自己是將她們當成妹妹呢！沒想到屬性表直接將她升級成為媽媽！

不！我還小呢！才不要當媽媽！

花寶瞪著屬性表，嚴肅地向系統發出抗議。

『我是姐姐！不是媽媽！快改過來！』

【……】屬性表保持沉默。

『我要當姐姐！快改掉！』

【……】屬性表依舊無動於衷。

花寶瞪了好一會，屬性表依舊淡定地不更改，她氣憤地戳了戳面板，而後將它關閉。

眼不見心不煩！

「花寶，妳怎麼了？」

「花寶為什麼不高興？」

莉莉和朵朵敏感地察覺到花寶的情緒不對，紛紛向她靠過來，關心地詢問。

「花寶身體不舒服嗎？怎麼吃那麼少？」

「花寶要多吃一點，這樣才會壯壯喔！」

聽著小海豚的關心話語，花寶心頭一陣柔軟。

啊啊啊啊我家的崽子真是太可愛了！媽媽愛妳們～～

花寶撲上前，對著兩隻小海豚一頓搓揉。

「莉莉和朵朵怎麼會這麼可愛呢？我太喜歡寶寶們了！」

「花寶，我們不是寶寶，妳才是寶寶。」朵朵糾正道。

「對呀！我們都一歲了，妳才出生幾個月，妳是寶寶。」莉莉也跟著附和。

「……」

好吧！這就是「我們都想當對方姐姐」的友誼吧！

04

晚上，花寶躺在柔軟的床鋪上，例行地刷漫畫論壇。

本來是想要再重溫一下《契靈守護》這部漫畫，沒想到一進論壇就有官方的公告消息提醒，她連忙點進已經被置頂的公告觀看。

〔置頂〕公告：《契靈守護》的遊戲上市啦！

發帖人：阿尼醬（管理員）

內容：

超人氣漫畫《契靈守護》跟「[redacted]互娛」合作的同名遊戲《契靈守護》，今日正式上市！大家可以在「[redacted]互娛」、[redacted]、[redacted]等平台下載！

《契靈守護》遊戲有手機版跟電腦版，帳號綁定後可以通用，大家可以兩種都下載喔！

〔手機版網址〕〔電腦版網址〕

經由動漫論壇的連結網址下載遊戲的前兩百名玩家，將會獲得動漫論壇為大家爭取到的福利——一萬遊戲金幣、動漫論壇粉絲專屬禮包以及一百顆鑽石！

鑽石可以在遊戲商城購買特殊道具喔！

《契靈守護》遊戲的起始時間點是在漫畫完結以後，據說劇情是偏溫馨日常向，以契靈培育（抽卡）和解任務、特殊活動為主，不會像正劇那麼刀！

阿尼醬還為大家打聽到，那些我們喜愛卻被發了便當的人氣角色，也會在遊戲中登場喔！「[redacted]互娛」還為他們設計了特殊劇情線和活動呢！

各位喜愛《契靈守護》的粉絲們！請多多支持呀！

看完公告，花寶興沖沖地點開《契靈守護》網址，按照教學，下載了電腦版遊戲。

——在《契靈守護》遊戲上市後，動漫論壇新增了一個遊戲區，可以讓她看見遊戲討論和下載遊戲遊玩。

《契靈守護》的時間點是深淵大戰結束的三年後，開場動畫是主角和人氣配角跟契靈的戰鬥和日常互動。

從開場動畫看來，遊戲風格確實是偏向歡快活潑，其中也有帥氣的戰鬥模樣。

花寶猜想，遊戲的劇情或許是日常和冒險並行。

不過這些也都是猜想，實際情況怎麼樣，還是要等玩了才知道。

在開場動畫之後，漫畫主角江海和花寶喜歡的商陸出現，兩人坐在寬敞明亮的客廳裡，正在面對面交談。

江海告訴商陸，他查到最近出現的新秘境「翡翠樹海」中，聽說有能夠淨化和治療魔氣的新型幻靈出現，或許這新型幻靈可以治療他的傷勢。

「……這是翡翠樹海秘境的進入許可證，你去看看吧！」

江海將許可證放在商陸面前的茶几上。

商陸低垂著眼眸，長又濃密的睫毛在眼下形成一片陰影，遮蓋住他眼底的情緒。

「條件？」

商陸可不認為，他什麼都不用付出就能拿到許可證。

即使江海願意贈送給他，官方高層也不見得會同意。

江海爽朗地一笑，回道：「等你的身體痊癒，來當我的夥伴吧！」

「……」

商陸沉默地看著他，沒有回應。

動畫到此結束。

畫面跳轉，一隻外型像是白色絨毛球的幻靈出現，他自稱是新手引導幻靈，引導「契靈師（玩家）」與幻靈一同冒險！

花寶跟著幻靈指引，將新手任務一個一個做完，熟悉遊戲的操作。

她的角色是一名新手契靈師，正在接受培訓，日後可以選擇加入巡夜人隊伍，或是加入一些人氣高的民間組織，也可以選擇成為賞金獵人，自己單幹。

這樣的設定正好符合漫畫的情況，遊戲貼心地將它還原了，還按照三種模式，設計了三條主線給玩家遊玩，每一種路線都有自己的專屬劇情和不同的支線任務，還可以遇見不同的人氣角色。

要是其中一條主線完成了，或是玩到主線的某個節點，玩家可以選擇「轉職」，去其他主線那裡遊玩，不用重新建立帳號、重新來過，設計相當貼心。

不管選擇哪一種路線，玩家們肯定能夠遇見主角江海和他的團隊，畢竟他們是主角，至於其他配角，那就要看玩家選擇的主線跟他們有沒有關聯了。

《契靈守護》遊戲中還設置了聊天系統，一群讀者正激動地在聊天頻道嗷嗷叫。

——嗷嗷嗷！這遊戲做的好精緻！人物都沒有變形！操作也很簡單、很容易上手！愛了愛了！

——不愧是[redacted]互娛！良心遊戲商！品質掛保證！

——嗚嗚嗚我家陸寶有救了！這隻新幻靈肯定是為了我家陸寶出現的！另外，我是陸海派的喲！

——不知道新幻靈長什麼模樣？希望可以好看一點。

——看完漫畫，還以為我家陸神被放生了，差點寄刀片給刀狗，現在舒坦了哇哈哈哈～～

——前面的朋友千萬不要掉以輕心！想想前面被刀狗砍掉的那些角色！想想他插在我們心上的刀！說不定這又是一個陷阱！

——應該不會吧？聽說遊戲的劇情是任務加日常向，應該發不了刀吧？

——我不管！要是刀狗敢在遊戲中虐我家陸神，我就殺去出版社找他！

——請各方神明保佑我家陸寶，讓他快點痊癒變回以前的陸神，信女願意用未來男朋友交換！

——我用我腰上十公斤肥肉換！

——海王跟陸寶感情還是那麼好，一直在為陸寶找治療方法！

——喔喔喔！我又有新靈感了！現在就來去畫圖！

——死去的那些人會再度出現嗎？會吧？一定會吧！

——一定會有的吧！遊戲官方不是說了嗎？會有他們的任務線。

——我想要看我家溫柔體貼的白老師！老師死的時候我可哭慘了……

「刀狗」是粉絲們給漫畫家的愛稱，因為漫畫家在漫畫中發了很多刀子，把讀者傷得痛哭流涕，讓讀者對他又愛又恨，再加上漫畫家的頭像是他養的哈士奇，所以才有了這樣的稱呼。

以上這些是花寶從動漫論壇的小百科欄位中見到的資訊。

至於漫畫家的名字是什麼？她也不知道，因為她的動漫論壇會自動黑掉一些東西。

就像論壇管理員發布的公告那樣，《[redacted]週刊》、「[redacted]互娛」被打上了黑框框，完全看不見名字。

無所謂，反正她對那些也不感興趣。

關了動漫論壇，花寶高興地在床上打滾。

不僅是因為喜歡的漫畫推出了遊戲，還是因為她或許可以見到陸寶了！

「翡翠樹海秘境？族長好像說，我們這裡就叫做翡翠樹海！所以商陸是要來這裡？」

「新的幻靈是在說我嗎？族長說我是獨一無二、全新種族的幻靈呢！」

花寶沒有淨化技能，不過再過幾天她就能領月禮包了，到時候就能拿到新技能，說不定這次的技能就是淨化技能呢？

就算沒拿到淨化技能，她也可以用抽獎券去抽，她曾經在抽獎券的抽獎物品名單中見到過淨化藥劑，雖然抽中的機率小，但也是一種方法！

再不然，每日簽到的果實中，有一種名為「聖光果」的能量果實具有淨化效果，只是它的淨化效果微弱，需要吃很多才能見效。

週禮包和月禮包還能開出各種道具，雖然目前花寶沒看見有淨化類的道具，可是說不定以後會有呢？

就算週禮包跟月禮包沒有，還有季禮包跟年禮包可以期待呢！

花寶手上掌握了那麼多淨化方法，她完全不慌！
她一定可以救下陸寶和威風帥氣的大白狼的！

第二章 ✸ 花寶跟陸寶見面啦！

01

花寶玩了一晚上遊戲，得到一隻系統贈送的初始契靈和後續任務提供的四隻契靈，湊成了一支戰鬥隊伍，等級也升到十級，脫離新手階段。

《契靈守護》手遊獲得幻靈的方式有三種：課金、戰鬥捕捉以及購買或是培育幻靈蛋。

課金是最簡單、最快速的方式，課金購買幻靈卡片進行抽卡，從幻靈卡抽到的幻靈初始等級是十級，減少了前期孵化和喝奶發育的幼崽時期。

喜歡戰鬥的玩家可以透過戰鬥捕捉契靈，戰鬥捕捉的好處是不需要課金，只需要花費時間就能獲得，而且捕捉到的都是成年契靈，一開始就有戰鬥力，不需要從小培養。

壞處則是這些契靈跟玩家的親密度不高，需要贈送許多禮物提高親密度，要是親密度過低，契靈很容易發生反叛逃跑的危機。

至於第三種的幻靈蛋培育方式，則是用完成任務時獲得的寶石去商城購買，從幻靈蛋中孵化的契靈，是從小寶寶開始成長的，需要用遊戲金幣購買奶水和輔食、點心餵養，餵養五天後，就會從寶寶變成幼崽。

這種模式雖然比較麻煩，但是這樣餵養大的契靈十分忠誠，有機會進化出特殊的「羈絆」屬性。

「羈絆」在漫畫中屬於稀罕屬性，只有在契靈師和契靈的感情極好時才會出現，一旦被激發，戰鬥力和身體數值會翻倍，爆擊機率也會提高兩成至五成。

《契靈守護》手遊的平衡做得不錯，不會出現沒課金就玩不了遊戲的情況，課金只是讓玩家節省時間，以及提供漂亮皮膚給課金玩家蒐集和炫耀，並不影響遊戲內容。

——這些評論都是花寶從論壇和遊戲的聊天頻道中看到的，她不太清楚意思，但是她知道這是在誇遊戲做得好。

遊戲角色的等級達到十級後，花寶也可以選擇未來的就業方向了。

她理所當然地選了江海所在的南區巡夜人團隊，她家的陸寶跟江海是好朋友，遊戲的開頭動畫又有江海邀約陸寶的話，以後陸寶肯定會出現在那裡，她怎麼可能不去呢？

然而，等她進入江海的團隊後，做了幾個任務都沒有遇見陸寶，這讓她很失望。

她本來想著，或許可以從遊戲劇情中知道陸寶現在的位置，那她就可以去找他，為他治療。

可惜，遊戲沒給她空子鑽，她無法從遊戲劇情中找到商陸在翡翠樹海中的位置。

沒關係！遊戲裡沒有，她就自己找！

歐貝拉爾族是性情溫和的高智商種族，跟翡翠樹海中的眾多幻靈種族交好，花寶只需要請前來這裡歇息的幻靈幫她找人就行了！

花寶的運氣很好，今天就有一群喜歡到處跑的燕雀幻靈來到湖邊。

燕雀是翡翠樹海的小喇叭，最喜歡在樹海中到處飛、到處打探消息，樹海中一有什麼新動靜，他們肯定第一個知道！

「嘰嘰！住在大古樹底下的花兔嘰前天生了一窩小兔嘰，有八嘰！」

「嘰嘰！彩虹瀑布的老狼王被新狼王擊敗了，青背狼群換新頭領了！」

「嘰嘰！泡泡松鼠住的楓栗樹倒惹，他的家沒惹，哭了一天，好口憐……」

「嘰嘰！愛漂亮的十色鳥被拔了羽毛，到現在都還沒找到兇手。」

一聽花寶詢問翡翠樹海最近的消息，燕雀們嘰嘰喳喳地說出他們知道的新聞。

花寶耐心地聽了一會兒，卻始終沒有聽見自己想要知道的情報，只好打斷話題，主動提問。

「最近有沒有人類進入樹海啊？」

「嘰嘰！有呀！每隔一段時間就會有人來……」

「嘰嘰！春天的時候，我看到好多人類進來。」

燕雀們並不認為人類進入翡翠樹海是需要分享的消息，因為那些人類時常在樹海進進出出，他們早就看膩了！

「嘰嘰！人類好討厭，一進來就想要抓幻靈！跟幻靈打架！」

「嘰嘰！人類好暴躁！」

「嘰嘰！有的人類會給好吃的東西，他們是好人類！」

「嘰嘰！人類的食物有的好吃、有的不好吃。」

「嘰嘰！上次我吃到一個軟軟的東西，人類叫它果凍，味道普通，可是啄果凍很好玩！它會跳跳、咚咚！」

眼看著燕雀們說著說著，話題又轉偏了，花寶連忙將話題拉回。

「你們有沒有看到比較特別的人類啊？」

「嘰嘰？特別的人類？」

「嘰嘰，人類不都是那樣子嗎？有什麼特別的？」

「就是……一個高高帥帥的人類帶著一隻威風的大白狼。人類和大白狼身上有魔氣。」

商陸被魔物重傷，魔氣殘存於體內，人類看不見這樣的魔氣，但是幻靈是可以看見的。

「嘰嘰！有！前天我看見這樣的人，嚇死我了！全身黑漆漆的！他的契靈好可憐，傷得很嚴重，走路都有氣無力的，沒有森林裡的狼霸氣！」

「他在哪裡？那個人類在哪裡？」花寶心急地追問。

「嘰嘰！我看到他的時候，他在楓糖樹林邊緣，正朝著彩虹瀑布的方向走。」

彩虹瀑布離歐貝拉爾湖只有四十幾公里，並不遠，要是商陸真的往這個方向走，花寶今天就能找到他！

花寶向歐貝拉爾族人說明自己的去向後，就乘坐小白雲朝著彩虹瀑布飛去。

02

彩虹瀑布之所以得名，是因為它在一天之中的某個時間點，整條瀑布會因為光線折射，而染上彩虹的色彩。

那彩虹並不是懸於空中，而是融入瀑布之中，讓雪白的瀑布呈現出夢幻又美麗的七彩色，堪稱人間奇景。

花寶第一次看見這景象時，開心地拍了好多照片。

——動漫論壇的「截圖」功能，相當於現實中的拍照，而且還可以自選近景、中景、遠景和三百六十度全景的拍攝角度，便捷又好用！

不過這些現實中的照片上傳到動漫論壇後，就會被自動轉化成二點五次元作品，類似超現實主義風格，真實中透著虛幻，彩虹瀑布看起來依舊很美，但是就像是被修圖修過一樣，少了分驚豔感。

不知情的論壇成員以為這是花寶的繪圖風格，個個讚賞不已，還有人私訊給她，想請她畫某些動漫角色的圖。

花寶自然是拒絕了。

一是她不會畫圖，二是對方提到的動漫作品她根本沒看過，就算想要仿畫也沒有目標，自然只能拒絕了。

她只在有空的時候拍一些照片上傳，賺賺論壇成員的打賞。

打賞不多，不過她平常也沒有需要用到錢的時候，還有簽到獎勵贈送物資，賞金多或少都無所謂。

在花寶瀏覽論壇的同時，小白雲載著她來到彩虹瀑布附近。

遠遠地，花寶就看見瀑布邊有一人一狼、一坐一臥地待在大岩石上面。

是陸寶跟白狼！

花寶激動地想要衝過去，又在前進一段路後停頓住。

這麼衝過去，會不會被當成是要攻擊他們呢？

而且她還沒抽到新技能，也沒有試過治療技能可不可以治療魔氣，要是讓陸寶失望了呢？

思前想後，花寶決定先躲在旁邊暗中觀察、偷偷對他們刷治療。

要是治療技能沒有效果，等過幾天可以抽月禮包的時候，看看能不能抽到淨化類的技能。

至於能不能抽到淨化類技能……

那當然可以啊！

她可是獨一無二的新型幻靈品種！還有動漫論壇這麼特殊的存在！

妥妥的主角模式啊！

只要世界意識（作者和遊戲官方）不想虐陸寶，肯定會讓她開掛治好他的！

聽論壇網友說過各種主角的外掛，自認為對於劇情套路有一定了解的花寶，相當堅信地認定自己就是陸寶的治療外掛！

拒絕否定！

不容否認！

商陸跟白狼在彩虹瀑布休息了一會兒後，就再度啟程出發。

他不知道那隻可以救他和白狼性命的新型幻靈在哪裡，只能漫無目的地找尋。

然而，他找了幾天，依舊一無所獲。

這天傍晚，商陸按照慣例找隱密處紮營。

白狼也像前幾日一樣，一接到休息的命令後，狼就跑得不見蹤影。

商陸也不著急。

他熟練地搭設帳篷、生營火，準備晚餐。

一切準備完成後，晚餐時間一到，失蹤的白狼又跑回來了。

「又去找你的新朋友玩了？」

商陸微笑著摸摸白狼的腦袋，將屬於白狼的晚餐遞給他。

三天前，商陸察覺到有東西在跟蹤他們，只是因為對方沒有惡意，他便裝作不知情，放任對方尾隨。

翡翠森林裡有不少對人類好奇又沒有惡意的幻靈，他們喜歡追隨人類、觀察人類和模仿人類。

只要這些幻靈不搶奪行李、不搗蛋破壞營地，商陸向來不會驅逐他們。

也是在尾隨他們的存在出現後，白狼變得活躍起來，經常偷偷地跑去找對方玩耍。

而商陸也察覺到，每次白狼「玩耍」回來，身體的傷勢總會減輕一些，精神也會變得比較好。

看來是位善良的小幻靈啊……

只可惜，那隻小幻靈似乎很怕生，自始至終都沒有出現在商陸面前。

商陸就算想要向對方道謝，也無從謝起。

不過今天晚上有些不同。

晚上躺在帳篷裡準備睡覺時，商陸察覺到有人悄悄靠近。

他不作聲地警戒著。

等了幾分鐘後，帳篷拉鍊被拉開一小角，一個小東西鑽進了他的帳篷裡面。

『花寶，妳終於來啦……』

睡在商陸旁邊的大白狼發出低低的嗚叫，語氣並不是警戒，而是透著見到朋友的欣喜。

『噓！小聲一點，別把陸寶吵醒了。』

花寶連忙豎起食指抵在唇前，示意白狼安靜。

花寶的聲音奶聲奶氣、嬌嬌弱弱的，像是三歲小孩的稚嫩嗓音，一點震懾力都沒有，然而，白狼還是聽從她的話，將音量降低下來。

這段對話在商陸耳中，就成了一串「咪嗚咪嗚」、「嗷嗚嗷嗚」的音調。

人類跟幻靈的語言並不相通。

商陸聽不懂花寶的話，卻能從契約的心靈感應中跟白狼交流，並且感受到他的情緒。

是白狼的新朋友來找他玩？

商陸確定來者沒有攻擊他的意思後，暗暗地鬆了口氣。

他跟白狼的身體因為遭受魔氣侵染，外傷看起來癒合了，內裡卻始終沒有痊癒，需要長期服用藥物抵抗魔氣，要是真打起來，怕是要付出一些代價。

商陸閉著眼睛，聽著耳邊白狼和新朋友「嗚嗚嗷嗷」、「咪嗚咪嗚」的對話，儘管聽不懂，卻也覺得相當有趣。

緊接著，商陸感覺到白狼的新朋友靠近了自己，他控制著呼吸，讓對方沒有察覺到自己已經醒來。

他感覺到對方靠近自己面前，目光在自己的臉上巡視，嘴裡還低聲嘀嘀咕咕，像是在評價他。

而後，商陸感覺到身上出現一股令人舒服的暖流，這種感覺他很熟悉，是治療的能量。

白狼的新朋友是治療系，這一點商陸並不驚訝，畢竟白狼體內的傷勢好轉是能藉由契約察覺到的。

商陸感受到自己的傷勢好轉，心底也增添了一分柔軟。

他很感謝新朋友的善意，只是一般的治療並不能消除魔氣，只要魔氣依舊存在，它就會持續不斷地破壞他的身體，即使喝下治療藥劑、即使找了幻靈治療，也依舊是治標不治本。

所有受到魔氣侵蝕的人，最後都會因為忍受不了這反反覆覆的折磨，選擇自殺。

商陸算是心性堅定的人，只是就算是這樣，他偶爾也會被魔氣影響情緒，也曾有過尋短的想法。

尤其是在夜深人靜時，孤寂感濃烈地襲來，就更讓他湧生出「我為什麼要活著？」的想法。

他沒了家人、沒了師長、沒了並肩作戰的隊友、沒了生死相伴的諸多契靈，身上還被魔氣侵襲，旁人時刻擔心他會因魔氣發狂危害社會……

這樣的他，為什麼要苟延殘喘地活著？

不過這樣的想法，總會在對上白狼的目光後煙消雲散。

他還有白狼，白狼需要他。

以他們一人一狼被魔氣侵蝕的情況，如果不是還有契約聯繫，如果不是覺醒了「羈絆」，他們兩個早就死了。

也是在遭受魔氣侵蝕後，商陸這才知道，「羈絆」竟然還有抵禦魔氣的作用！

雖然只能抵禦十之一二，無法徹底清除魔氣，但是至少能夠支撐他跟白狼再活久一點，再多撐一段時間。

「咪嗚咪嗚咪嗚……」

新朋友的聲音拉回商陸的注意力，他從對方的「叨叨唸唸」中聽出了沮喪，好笑地猜想，新朋友大概是發現沒辦法治療他了吧？

這樣一來，這位新朋友應該就會離開，而他也能踏踏實實地睡一場好覺。

這個念頭才剛轉過，一股帶著清涼舒暢感的能量滲入他的身體。

跟先前溫暖的治療能量不同，這股能量宛如春季的清風，帶著令人舒服的涼意。

就像是在極渴的時候喝下一杯水，就像炎炎夏日在海中暢游，清爽舒暢至極！

商陸情不自禁地沉浸在這股能量之中，腦袋遲鈍了幾秒才轉動。

魔氣……好像減弱了？

商陸以為是錯覺，又仔細地感受了幾次。

在他關注魔氣狀態的同時，花寶也對他刷了幾回剛抽出的淨化技能。

初級淨化技能的效果並不強大，但是多刷幾次，積少成多，就能讓商陸明顯感受出體內魔氣的變化了。

魔氣真的減少了！

強烈的驚喜讓商陸下意識地睜開眼睛，正好對上湊上前觀察他的花寶視線。

「咪嗚！」

沒料到商陸會突然醒來，花寶被嚇了一大跳，就像是炸毛的貓，尖叫一聲後就騎著小白雲衝出帳篷，瞬間不見蹤影。

「等……」

商陸完全來不及喊人，只能眼睜睜地看著她離開。

「嗷嗚……」

白狼用前爪推了推商陸，一副「你怎麼可以嚇到我朋友」的譴責表情。

「我不是故意的。」商陸苦笑。

「嗷嗚……」白狼又拍了拍他。

「下次見面我會跟她道歉的。」商陸苦笑著說道。

03

商陸原以為，被他這麼一嚇，那隻善良的小幻靈應該會躲個幾天，沒想到隔天早上他走出帳篷時，就發現了藏身在草叢的小幻靈。

商陸在心底微微一笑，裝作沒有注意到她，繼續著晨間盥洗動作。

昨晚帳篷裡一片漆黑，即使他跟白狼結契，視覺獲得進化，在黑暗中也能視物，但也沒能看清楚小幻靈的模樣。

現在天色正好，晨光映照大地，足以讓他看清楚小幻靈的樣貌。

她的頭髮是如同櫻花一樣的粉色，髮長過肩，頭頂長著嫩綠的幸運草，大又明亮的眼睛與幸運草同色，容貌精緻漂亮，宛如精緻的白瓷娃娃。

她的手臂是長長的葉片狀，看起來輕薄又脆弱，體型是幼崽體型，圓胖可愛。

她坐在一朵白色的小雲朵上面，藏身於草叢之中，透過草叢偷窺他的一舉一動，翠綠色的眼睛撲閃撲閃地，充滿好奇。

商陸敢保證，要是他靠近那處草叢，這隻小幻靈肯定會像昨晚一樣，嚇得狂奔而逃。

商陸飼養的幻靈相當多，很多都是從幼崽時期養起，對養育小幻靈很有自己的心得。

想要讓小幻靈親近他，那就必須給予她安全感，讓她知道他是喜歡幻靈、對幻靈友善的人。

幻靈對情緒很敏感，一點點惡意在幻靈們面前都會無所遁形，所以幻靈也是警局最喜歡的合作夥伴，偵測罪犯一抓一個準！

商陸按照平日的習慣，在盥洗後開始煮他跟白狼的早餐。

將放了食材的湯鍋架在火上後，商陸轉身走進帳篷，拿出幾個小罐子。

這些小罐子裝著各種口味的營養奶粉，原本是要用來交好樹海中的幻靈的，現在它們有了新用途。

從外觀看來，小幻靈的種族應該是植物系，或許會喜歡植物系幻靈幼崽喜歡的果蜜營養奶？

商陸並不確定，因為幻靈的外觀和飲食習慣並不相同，一些看起來像植物的幻靈，食譜卻是各種肉食；而一些看起來兇狠的猛獸型幻靈，本身卻是吃草的，還有一些幻靈在幼年時期只吃某種植物，長大後才變成雜食型態……

即使商陸研究幻靈多年，也不敢保證自己的認知就是正確的。

不過最糟糕的情況也不過就是小幻靈拒絕這份早餐，煮好的果密營養奶他自己喝掉，也不算什麼損失。

商陸又生起了一個小火堆，架上一個小一號的鍋子，開始燒開水。

一切準備妥當後，商陸坐在營火邊，開始調配植物系幻靈會喜歡的果蜜營養奶。

第一個配方的口味偏甜，帶著蜂蜜的芬芳；第二個配方的奶味更濃郁，第三種配方的果香突出……

也不知道小傢伙喜歡哪一種？

商陸將幾種奶粉按照不同的配方比率混合，一下子就調配出三杯，分別倒在三個大杯子和三個最小號的紙杯中。

——大杯子是商陸和白狼要喝的，小杯子屬於花寶。

帶著淺淡蜜色的配方奶匯成一束水流，淌入杯中，卻因為商陸的心緒不寧而流漏出些許。

他連忙拿了紙巾擦拭，微微發顫的手指顯示出他不平靜的內心。

在小傢伙為他消除部分魔氣後，商陸就確定這位小朋友就是江海提到的新型幻靈。

他原以為自己可能要花上一年、幾年甚至是一輩子找尋，卻沒想到自己竟然這麼幸運，才進入森林不到一個月就遇見她。

早上睡醒時，他還恍恍惚惚地以為自己是在作夢。

要不是身體狀況好轉不少，那股壓在胸口上的悶痛感和身體的撕裂感消退了，他真會以為那是一場夢。

商陸低垂著眼眸，將盛放著牛奶的小杯子逐一放到旁邊的餐墊上。

小杯子放置的位置離他約莫一臂之長，很明顯不是他自己要喝的。

商陸又透過契約呼喚白狼，讓他出來接待他的朋友用餐。

「嗷……」

白狼應聲出帳篷，仰起頭嗅了嗅空氣後，朝著花寶藏身的草叢叫了一聲。

草叢晃動幾下，露出一點點粉色頭髮，身體還藏著大半。

白狼又嗷嗷地叫了兩聲，也不知道是在催促還是在說服對方。

過了十幾秒鐘，花寶才坐著小白雲緩緩地飄了出來。

花寶面上鎮定，目光卻是閃閃躲躲，有些羞澀地向白狼和商陸打招呼。

她雖然在論壇上口花花，學著網路上的哥哥、姐姐喊著「我要包養陸寶」、「我要跟陸寶貼貼」，但那只是說著玩的，真的見了人，她可沒那個膽子！

她本來還計畫了好幾個「巧遇」陸寶的計畫，結果計畫還沒實施，昨晚「偷窺」就被陸寶抓到了！

啊呸！她才不是偷窺！她是想要去試試新抽到的淨化技能！

畢竟是沒有用過的技能，要是她直接跑去跟商陸說她能夠淨化他體內的魔氣，結果卻淨化不了怎麼辦？

總是要先偷偷嘗試，確定有效果才能說嘛！

就算她在白狼身上嘗試過，確定淨化技能有效，可是人跟幻靈總歸不一樣，而且他們遭受魔氣污染的輕重程度也不同，誰能確保白狼淨化成功，商陸也肯定能成呢？

花寶是這麼想的，也是這麼跟白狼說的。

也因為提前跟白狼說了，他才會放她進入商陸的帳篷。

否則按照白狼看重地盤和護主的性格，他怎麼可能讓花寶輕易地接近商陸？

幻靈跟人類結契後，會將結契的人類納入自己人的範圍，對結契人類具有一定程度的占有慾，就算是認識的朋友也不能夜襲自己的結契人類！

「嗷嗚……」

白狼拍了拍餐墊，示意花寶就坐，而後又用爪子輕輕地碰了碰裝著配方奶的小紙杯，讓她自己選擇。

即使種族不同，但幻靈跟幻靈之間是不存在語言障礙的。

知道這三杯配方奶都是商陸特地為她調配的，花寶驚訝又感動地看向商陸。

以前看漫畫時，見到商陸親自下廚，為自家幻靈精心烹煮餐點的情節，她就羨慕得不得了。

並不是羨慕那些幻靈可以吃到昂貴的能量食物，而是羨慕幻靈能有一個將他們當成家人，貼心照顧、精心呵護的夥伴。

雖然花寶有歐貝拉爾族照顧，可是那種感覺還是不一樣的。

花寶原本以為，她大概要等到她跟商陸結契才能擁有同樣的待遇，沒想到現在就能享受到商陸親手調配的營養奶，這讓她相當高興。

情緒激動之下，花寶又往商陸刷了一堆淨化技能，直到將自己的能量耗盡才罷休。

體內能量消耗過大，讓花寶餓得慌，連忙用葉片手臂捲起離她最近的牛奶杯，一口接著一口，「咕嚕咕嚕」地喝下。

紙杯是給人試喝用的小杯子，對商陸來說，這杯子裡的牛奶一口就能喝完，而對個子嬌小的花寶來說，這樣的一杯牛奶足以餵飽她。

「別急，慢慢喝，三杯配方奶都是妳的。」見她喝得兇猛，商陸關心地勸阻。

為了確保自己的意思有準確傳達，商陸還讓白狼為他進行翻譯。

聽了白狼的轉述，花寶這才放慢了速度，不過這個時候她也已經喝了半飽了。

吃能量食物可以加快幻靈的能量恢復速度，花寶感受了一下體內的能量，就這麼一會兒，就已經恢復四分之一了。

要繼續刷淨化術嗎？

花寶抬眼偷瞄了一下商陸，有些遲疑。

刷技能、增加熟練度對花寶有益，能讓淨化技能快速升級，可是現在商陸在吃早餐呢！在人家吃早餐的時候刷淨化，感覺怪怪的……

就像是吃飯的時候有陌生人在旁邊給你搧風一樣，雖然對進食沒有影響，可是吃飯的氛圍都沒了。

要不，還是等他吃完早餐吧！

04

商陸進食的速度不慢，三兩下就吃完了。

他以前擔任巡夜人隊長的時候，任務不定時會出現，他也就養成了迅速進食的習慣。

雖然吃得快，但是他的吃相並不難看，甚至可以說是賞心悅目。

花寶看著這樣的商陸，表面平靜，內心卻激動得像是土撥鼠在尖叫。

啊啊啊！陸寶好帥！吃東西也好好看！

她偷偷地拍了幾張商陸的用餐照片上傳到動漫論壇，馬上就引來一堆人點讚和留言！

花寶喜孜孜地看著那些熱情的表白，雖然這些告白是給陸寶的，並沒有給她的留言，但她就是覺得開心，有一種「我家孩子被誇獎了」的與有榮焉！

視線從論壇螢幕移開，不經意地對上了商陸的目光。

猝不及防之下，花寶被嚇了一大跳，就連頭上的幸運草都嚇得豎直了！

「別緊張。」商陸連忙開口安撫，「我只是想問妳，妳喜歡哪種口味的配方奶？」

喜歡哪種口味？

花寶被問題轉移了心思，又將另外兩杯各喝一口。

鼓著腮幫子沉思又來來回回地糾結了一會兒，她拍了拍先前喝的第一杯配方奶。

「喜歡這個味道嗎？好，我記下了。」

商陸可不是嘴上說說，他真的拿出手機，將花寶喜歡的配方奶比例記錄下來。

他還擔心手機遺失，又將配方上傳到雲端空間備份。

見商陸這麼慎重行事，把自己放在心上，花寶開心地又往他身上連刷了好幾回淨化術，直到體內能量再度清空，這才停手歇息。

她捧起剩餘的兩杯配方奶，咕嚕咕嚕地喝下許多，填飽又餓了的肚子。

「我的身體沒事，妳不用一直對我刷技能。」商陸哭笑不得地看著她。

他還是第一次看見這麼「憨厚」的小傢伙，喝了他的配方奶就用狂刷技能回報，還很實誠地耗空了能量才停下，像是生怕占了他便宜似的。

要是換成白狼，這個狡猾又精明的老夥伴肯定會將他身上的食物搜括一空，而後才會給商陸一點甜頭。

「嗷嗚……」

或許是看花寶給商陸刷了兩回淨化，卻沒有理會白狼，白狼覺得她偏心，也湊過來討要。

花寶笑嘻嘻地摸了摸白狼的鼻尖，打了個飽嗝，也為他刷了一串淨化。

被驅除部分魔氣、覺得鬆快不少的白狼，高興地在餐墊上打滾。

花寶笑嘻嘻地看著他，並將剩下的配方奶喝完。

商陸起身收拾杯子和餐碗，放任兩隻幻靈在餐墊上玩耍。

按照原本的行程，他應該要繼續趕路，找尋能夠治療他和白狼的幻靈，現在小幻靈自動送上門了，他自然也就清閒下來。

不過他紮營的位置並不是安全地點，還是需要換個地方。

等到一切收拾妥當後，白狼跟花寶也已經玩耍一回了。

「妳好，我叫做商陸，請問妳叫什麼名字？」

商陸坐在花寶面前，以不會帶給她壓迫感的低姿態與她攀談。

「咪嗚咪嗚！」我叫做花寶！

商陸自然聽不懂花寶的話，不過他有白狼為他翻譯。

「花寶？花中的珍寶？很好聽的名字。」商陸笑讚了句。

他並不是在敷衍花寶，而是真心覺得這個名字跟花寶很搭。

在他看來，花寶就像是童話故事中從花朵中誕生的小精靈，是大自然的寵兒，也是善良又寶貴的存在。

「花寶，妳應該可以感覺到，我跟白狼都被魔氣感染，我們來這裡，也是為了找尋可以淨化魔氣的幻靈……」

商陸誠懇地對花寶說出緣由，沒有絲毫隱瞞。

「我想請妳為我們治療，妳願意嗎？」

「咪嗚！咪嗚！」好啊！好啊！

花寶激動地猛點頭，沒有絲毫的遲疑。

即使沒有白狼翻譯，商陸也能看出她的想法。

「……謝謝妳。」

商陸沒料到花寶答應得這麼爽快，愣了一下才接話。

「妳要是有什麼想要的，像是配方奶、玩具、漂亮的衣服、幻靈零食或是其他想要的東西，都可以跟我說。」

他雖然是善於算計的商人，但是他可不會欺騙幻靈，讓幻靈做白工。

平等互惠，一直是他堅持的原則。

花寶不清楚商陸的想法，但是看見他神情中的認真，也還是笑嘻嘻地點頭。

這可是陸寶要送她的禮物呢！真棒！

第三章

入住商陸家

01

既然要治療，那當然要將商陸跟白狼領回家，可不能待在外面。

翡翠樹海的幻靈們雖然大多和善，但是他們具有很強烈的領地意識，偶然路過還不打緊，要是想要在這裡短期居住，那可不行！

也就只有溫和的歐貝拉爾族才會歡迎其他人暫住他們的地盤，甚至是在他們的地盤上開市集。

「咪嗚！咪嗚！」上來，我帶你們回家！

花寶拍拍小白雲，綿軟的雲朵隨著她的意念放大，變成可以承載商陸、白狼和他們的行李的規格。

「嗷嗚！」

白狼為花寶翻譯過後，開開心心地跳上白雲，還在上面打了個滾。

商陸將已經收拾好的行李放上，自己也穩穩地坐上雲朵。

白雲在花寶的指揮中，穩穩當當地飛向歐貝拉爾湖。

歐貝拉爾湖離他們紮營的位置不遠，不到兩小時就抵達了。

緩緩地降落在花寶的住處旁邊後，她領著商陸跟白狼前去找首領，向首領說明他們要在這裡暫住的原因。

首領同意了，但也給商陸和白狼劃分了活動區域，禁止他們闖入歐貝拉爾族的重要地區。

這並不是針對商陸，而是所有外來者來到歐貝拉爾族領地都需要遵守的事項。商陸也清楚這一點，他清楚幻靈守護地盤、排斥外來者的習性，歐貝拉爾族首領願意讓他暫住就已經讓他很感激了。

投桃報李，在安頓下來的第二天，商陸就讓人送來了大量的能量食物、配方奶、零食、玩具等禮物。

一部分禮物給了花寶，另一部分作為「房租」，送給歐貝拉爾族。

雖然歐貝拉爾族大多吃湖裡的食物，但是吃久了也會膩，所以對於這些可以換換口味的能量食物，他們還是很歡迎的。

「花寶，這個黃黃圓圓的零嘴好吃！」

莉莉將零嘴分出一小塊，送到花寶口中。

「這個紅紅扁扁的也好吃！」

朵朵將手上的點心掰成一大一小，大的投餵莉莉，小的給了花寶。

「酸酸甜甜、QQ彈彈，像果醬軟糖！」

花寶懶洋洋地趴在小白雲上面，吃著莉莉和朵朵輪流投餵的食物。

不是她懶惰，而是她這段時間太忙太累，累得完全不想動彈。

現在她每天早上睡醒之後，就會為商陸和白狼刷淨化技能，而後吃商陸準備的早餐；吃完早餐後，她又會對他們刷一遍技能，之後便是陪著莉莉、朵朵和白狼玩耍；到了中午，吃商陸準備的豐盛午餐，飯前跟飯後同樣再刷一遍技能，晚上也是一樣。

到了隔天又是同樣的循環，周而復始。

這麼勤勞地刷淨化刷了一個月後，她的淨化等級刷刷地提升，現在已經是中級淨化了，論壇等級也到了四級，能量儲存上限更是提高不少，副作用則是因為能量消耗過度，經常覺得疲憊、想睡覺，就像是通宵達旦地學習了幾天幾夜、精神消耗過度一樣。

商陸擔心她的身體狀態，勸阻過她好幾次。

在商陸看來，花寶一天為他和白狼刷上六回的淨化，實在是太多了，雖然這麼做可以讓他們快速恢復，但是比起花寶的身體健康，商陸覺得他們就算晚點恢復也無所謂。

花寶卻不這麼認為。

能夠快點恢復健康，為什麼要拖延？

雖然商陸跟白狼在描述身體狀況時，大多含糊地混過去，但是看過漫畫的花寶，是知道內情的。

漫畫中說，像商陸他們這種被魔氣侵蝕的人，五臟六腑會被慢慢腐蝕，身體會很難受，就像被刀割、被火焰燒灼、被毒液腐蝕一樣，日日夜夜疼痛不休，徹夜難眠。

這樣的病情，光想想就覺得痛，更何況是切身體會的他們！

花寶希望可以讓他們快點脫離這樣的折磨。

更何況，花寶查看過自己的屬性表，也讓歐貝拉爾首領和商陸檢查過身體，確定她的身體很健康，現在的疲倦只是能量消耗大的影響，對身體沒有損害。

歐貝拉爾首領還說，這種消耗能量的方式其實是一種很不錯的鍛鍊，可以讓她打好基礎，日後變得更加強大。

既然對身體沒有影響，還能夠變得更加厲害，也只不過是累了一點，又不是什麼大事，為什麼她不繼續呢？

在她的堅持下，商陸只能無奈地退了一步，並且更加貼心周全地照顧她，為她烹煮更加精緻、美味、營養的三餐，試圖要為花寶「補」回來。

現在花寶和莉莉、朵朵吃的零嘴，就是商陸按照花寶口味研發的。

商陸還對花寶說，因為口味是花寶幫忙調整的，等到以後販售這些點心時，收益會分花寶兩成。

對於這種「送錢」的行為，花寶連連搖頭拒絕。

這些點心是商陸自己研究的配方，她又沒幫上忙，怎麼可以拿錢！

「花寶怎麼沒有幫忙？花寶幫了我很多呢！」

商陸露出溫和的微笑，逐一說出花寶對他的幫助。

「這點心的口味是不是花寶幫忙調整的？」

花寶歪著腦袋想了想，點點頭。

「果醬的水果搭配是不是花寶提供的？」

花寶又想了想，還是點頭。

「花寶還找來小夥伴幫忙試味道，換成我，我可找不到這麼多幻靈……」

花寶咬著葉片手手，皺著頭苦思。

商陸說得好像……也對？

「這些點心要是沒有花寶，我根本做不出來，花寶很厲害呢！」

見到花寶心態動搖，商陸抓緊機會進一步勸說，送上一堆誇獎和讚美之詞。

在商陸「花言巧語」的誘哄中，花寶迷迷糊糊地被說服了。

好像……我真的有幫上忙？

花寶總覺得哪裡不對，但是她又想不出是哪裡不對勁。

看著滿臉迷茫的花寶，商陸笑著摸了摸她的小腦袋，將剛做好的果凍放在小雲朵上，讓她去跟朋友分享。

在商陸看來，花寶對於錢財和身外物不上心，那是因為她沒有離開過翡翠樹海，等到了外界，她就會清楚金錢的重要性了。

他不知道花寶願不願意跟他離開，但是不管她要不要前往人類世界，他還是想要預先為花寶準備好她以後會用到的東西，像是金錢、必需品和各種資源，等到日後她需要時，這些東西就能夠派上用場了。

02

三個月後，花寶的淨化等級依舊是中級，還差一點點的經驗值就能晉級，但是商陸跟白狼已經被她治療好了！

看著已經恢復健康的商陸和白狼，花寶激動地抱住他們，又哭又笑，還「咪嗚咪嗚」地亂喊一通，讓商陸和白狼都有些手足無措。

別看她一副胸有成竹的模樣，其實她知道自己的淨化等級不高，很擔心不能完全治好商陸他們身上的魔氣，所以在日常簽到、開禮包時，一見到淨化類的藥劑和食物，就會拿出來給商陸和白狼吃，想著內服藥劑、外刷治療，雙管齊下，效果或許會更好。

在這樣的忐忑不安中，看著商陸跟白狼一天天地變好、變健康，她心底的壓力這才減輕一些。

直到今日，商陸和白狼體內的魔氣確定徹底淨化完畢，她才真正地卸下心上的大石。

抱著商陸哭了一會兒後，花寶的情緒這才冷靜下來，白皙的臉上也透出了羞澀。

商陸沒有取笑她，而是拿出手帕為她擦去臉上的淚水。

「花寶，我們要走了。」

「咪嗚……」

花寶愣愣地看著商陸，鼻頭一酸，又想哭了。

「乖，別哭、別哭，我話還沒說完……」

商陸連忙將她捧在手上，指尖輕撫著她的背部，軟聲軟語地哄著她。

「我想問妳，願不願意跟我離開？」

「咪嗚！咪嗚！咪嗚！」要！要結契！

花寶連連點頭，神情興奮。

她早就想要跟商陸結契了，只是商陸沒提，她也不好意思說。

首領伯伯提醒過她，幻靈跟人類結契是很重要的事情，需要認真考核，不可以隨便，也不能太主動。

要是太主動了，人類就會「恃寵而驕」，那樣可不行！

現在商陸都要找她一起走了，那就是要跟她結契了，是商陸主動提出的，可不是她說的！她有按照首領伯伯說的意思行動！嘿嘿……

「咪嗚！咪嗚！」花寶開心地在小白雲上打滾。

她要跟商陸結契啦！以後就是商陸的契靈啦！

商陸原本只是想要詢問花寶願不願意跟他去人類城市看看，沒想到有這樣的意外之喜！他高興地將花寶抱在懷裡，親暱地摸摸她的腦袋。

花寶的外觀看起來像女孩子，親臉頰的舉動有些太過親密，摸頭髮倒是合適一些。

貼貼！

意外被抱住，花寶先是愣了一下，而後反應過來這是「貼貼」，頓時高興得不得了！

論壇的哥哥、姐姐們說過，「貼貼」只能跟家人、情人和好朋友才能做！要是有陌生人或不熟悉的人想跟她貼貼，那人肯定是壞人，要將他一腳踢開！

現在陸寶跟她貼貼了，那就是將她當成家人的意思！

嘻嘻！好開心！

趁著陸寶還沒鬆開，她張開葉片手臂回抱他，並用論壇的拍攝功能連拍了照片和影片，上傳到論壇炫耀！

因為花寶經常上傳照片，論壇帳號算是小有名氣的「畫手」，她上傳的照片很快就有點閱，網友們紛紛留言誇讚，還有人好奇商陸抱在懷裡的是什麼幻靈？

——漫畫的幻靈設定集沒有這樣的幻靈，是遊戲裡的新品種嗎？

——我玩守夜人路線，目前玩到第三章，沒看到這樣的幻靈。

——我是賞金獵人路線，劇情第二章，同樣沒看過。

——我加入木森他們的傭兵團，劇情第三章，沒看過新幻靈。

——我玩守夜人玩到目前封頂的第四章，別說新型幻靈了，連商陸都沒見到！

——同上！我家陸寶到底去了哪裡？

——為了「海陸」玩守夜人路線，結果只看到江海在那裡晃！〔大笑〕〔大笑〕

——還以為會有陸寶找尋新型幻靈的劇情或任務，結果都沒有！〔哭〕

——刀狗，還不快將我家陸寶放出來！〔刀〕〔刀〕

花寶匆匆地看過底下的留言，炫耀一句「陸寶在我這裡呢！」，隨後便喜孜孜地關上動漫論壇，看向剛結束跟歐貝拉爾首領談話的商陸。

「咪嗚！咪嗚咪嗚咪嗚……」

陸寶跟首領伯伯說完了嗎？首領伯伯同意了嗎？

花寶撲進商陸懷裡，急迫地追問。

「首領同意我帶妳離開。」商陸抱起花寶，笑著說出結論。

花寶沒有親人，照理說，商陸想要帶花寶離開並不需要獲得其他幻靈同意，可是花寶畢竟是歐貝拉爾族照顧著長大的，歐貝拉爾族算是她的家長，還是需要跟歐貝拉爾首領說一聲。

花寶不知道他們說了些什麼，也不知道商陸給出哪些保證，她只知道，歐貝拉爾首領對商陸很滿意。

「他是一個溫暖、有責任感並且具有智慧的人類。」歐貝拉爾首領這麼評價道。

花寶聽不太懂首領伯伯的意思，不過她知道首領伯伯對商陸很有好感。

首領伯伯可是相當聰明又厲害的族長，能得到他的好評價的商陸，肯定是棒棒噠！

她還聽說，首領伯伯跟商陸達成合作協議，以後歐貝拉爾族會透過商陸販售歐貝拉爾湖出產的東西，商陸只收取其中三成收益，並且替歐貝拉爾族將收入轉換成他們需要的物資。

在他們離開的那天，商陸讓人送了一堆幻靈專用的通訊手機、平板電腦和一堆生活物資過來。

手機和電腦是讓歐貝拉爾族跟花寶和商陸聯繫的管道，而生活物資則是商陸對於歐貝拉爾族的感謝。

花寶也獲得了一部手機。

這部手機是商陸特地為她訂製的，配合她的身形打造，光是製造零件和相關軟體就花了兩個月的時間，是他在剛抵達歐貝拉爾湖時就讓研究所研發的產品。

順帶一提，雖然花寶的論壇會員等級提高了，但是身高依舊沒有變化！

她曾經狂戳論壇頁面提出疑惑，最後論壇頁面給出一句：

【幻靈的身高是以幻靈本身的實力作為依據，花寶現為初級幻靈，身高上限三十公分，到了中級會提高至五十公分，請花寶多加努力！】

「……」

發現身高並不是論壇會員等級提高一級就會長高十公分，花寶不滿地鼓起腮幫子，又繼續戳著論壇頁面抗議。

「我有好多技能都是中級，為什麼說我是初級幻靈？」

論壇回答：【幻靈實力是以整體進行評價，包括但不限於幻靈本身的能量上限、

幻靈的成長程度、體質強弱、知識量和技能數量等等。請花寶繼續加油！】

「那論壇呢？論壇的會員等級有什麼用！」花寶拍著論壇螢幕追問。

【論壇的會員等級自然是跟動漫論壇有關，就像幻靈等級是跟妳的實力相關一樣。】

「……」這麼說，好像，也對。

無法反駁的花寶，因此沮喪了好一會兒。

後來想想，她長不長高好像也沒有多大影響，而且商陸還特地以她的身高訂製手機給她，如果她長高了，這手機不就不能用了？

那怎麼行呢！

還是小小的比較好！

心寬的花寶自己把自己說服了。

拿著手機，花寶模仿商陸使用手機的模樣，將嫩嫩的葉片尖捲起，在手機面板上戳戳戳！

商陸在旁邊看著她玩了一會兒，等到她冒出滿頭問號、跑來求助他時，這才將手機的各項功能逐一為她解說。

花寶這才知道，原來手機除了通話、視訊、文字聊天和圖像傳訊之外，還能玩遊戲、買東西和在網路上看漫畫和影片！

商陸還為她下載了許多適合幼兒觀看的影片，這些影片在花寶看來都很有趣，自然是沉迷其中了。

趁著花寶沒有黏著他的時候，商陸迅速地處理他在休養期間耽擱下來的公司事務，在高效率工作的情況下，堆積的工作案一個接著一個被清空。

03

經過搭乘飛機、轉機、轉乘汽車等過程，商陸他們花了兩天一夜的時間才抵達家裡。

大總裁商陸有好幾處房產，現在住的豪宅位於雲山山脈郊區，建築物是一座占地兩千坪的歐式住宅，擁有百畝大草坪、幻靈遊樂場、水上樂園、模擬環境區域和心形湖泊等設施。

這裡是他以前跟幻靈們的「家」。

豪宅後方的彩霞山也是屬於商陸的，是白狼和親近山林的幻靈玩樂的地方。

在那場戰役過後，與商陸契約的幻靈死傷慘重，這個「家」也就成了他無法碰觸的場所，直到今日他才有勇氣回來。

沒等商陸感傷太久，花寶就蹦到他的頭頂，將微型手機的鏡頭對準新家。

「咪嗚！咪嗚、咪嗚、咪嗚……」

莉莉、朵朵，妳們看！這裡是我的新家！好大、好漂亮喔！

「嚶嚶、嚶嚶……」

莉莉和朵朵的聲音透過手機的擴音傳出，也同步評價著花寶未來要居住的地方。

「感覺不大啊！」

「沒有歐貝拉爾大……」

「不過房子很漂亮！」

「對！很漂亮！」

「花寶住這麼大的房子，商陸會不會找不到妳？」

對比花寶的體型跟豪宅的面積，這種擔心還真有可能！

「咪嗚、咪嗚！」我又不會亂跑！陸寶才不會找不到我！

再說了，就算陸寶找不到她，她也可以回來找陸寶啊！

她才不會跟陸寶分開呢！

「咪嗚！」

花寶學著商陸以往對待她的舉動，親暱地摸摸商陸的腦袋。頭髮被花寶揉得一團亂的商陸，只能無奈地笑笑。

他拎起隨身的行李，頭頂著花寶，一邊走進住宅、一邊向花寶介紹住家環境。

而白狼早在抵達後就直奔彩霞山，去巡視他的地盤有沒有被其他野獸占領。

「妳的房間就在我隔壁，我讓人簡單布置了一下，妳要是不喜歡，也可以自己更換擺設……」

商陸打開花寶的房間，領著她進入房間裡。

房間裡的布置確實很簡單，一張柔軟的床鋪外加造型可愛的矮櫃、矮架子、矮桌子，大型落地窗外是一個小陽台，陽台處架了溜滑梯，溜滑梯的終端接著綠草坪。

這些擺設都在房間的右邊，而房間左邊靠近陽台的位置，則是擺放了幾棟將近一層樓高的模型屋。

「這幾個模型屋都是時下最受歡迎的娃娃屋。」

商陸擔心花寶不習慣人類的床鋪，又請人按照花寶的身形比例，製作了各種造型的娃娃屋，有童話夢幻糖果屋、自然樸實的森林木屋、三層式歐式豪宅、典雅城堡造型等等。

娃娃屋的床鋪、家具、衣服和玩具都是用最好的材質等比例製作，全都是可以使用的。

花寶從沒看過這麼精緻、這麼漂亮的娃娃屋，她開心地坐著小白雲，在各間娃娃屋中飛來飛去，這邊摸摸、那邊看看，玩得不亦樂乎。

花寶的房間是兩間打通成一間的，面積約莫三百坪，所以就算擺放了巨大的娃娃屋也不顯擁擠。

「妳要是不習慣睡屋內，那邊還有樹屋可以住。」

商陸領著花寶走出屋外，來到位於主屋側邊，約莫兩百公尺遠的翠羽蓊榕樹林。

樹林榕樹成群、盤根錯節，遮天的綠蔭並不濃密，像是薄羽交錯，不會給人沉甸甸的壓迫感，在日光的照耀下，整座翠羽蓊榕樹林顯現出清新的嫩綠色調，如夢似幻，宛如一處神秘的秘境。

粗壯的幾棵榕樹之間架了一座相當精巧的樹屋，樹屋由五個巨大的毯果組成，一個毯果就是一個房間，每個房間都開了幾扇小窗，通風和採光良好。

毯果房屋在樹木間錯落有致，半圓形的木製露天陽台座落於樹屋最高處和最低矮處。

花寶一見到這座毯果樹屋就心生喜愛，當下決定要住在這裡！

商陸寵溺地笑笑，「房間我也給妳留著，妳想住哪裡都行。」

毯果樹屋雖然有防水、防潮和溫度調控功能，但是要是雨天的雨勢過大，雨水就會順著大門和窗戶潑進樹屋裡頭，形成積水，這樣的樹屋還是不適合居住的。

花寶連連點頭，並在商陸的協助中布置自己的新家。

毯果樹屋是以人類的體型去建構的，所以商陸在樹屋裡頭也能活動得開。

她從空間裡頭取出自己慣用的生活用品，床鋪和寢具也是自己的。

她還取出空間裡儲存的各種能量水果和零食點心，將它們一一擺放到樹屋的冰箱和櫃子裡頭，而後她又將近幾日獲得的淨化果實和淨化藥劑遞給商陸。

商陸在得知淨化果實和淨化藥劑的存在後，便跟花寶商量，希望可以向花寶收購淨化果實和藥劑，讓他用來種植培育和研究，治療與他同樣遭受魔氣侵蝕的戰友跟受害百姓。

花寶自然是答應了。

她雖然有淨化能力，可是她一隻幻靈也救不了那麼多人，還不如讓商陸去研究藥劑，只要成功，就可以救助所有人了！

商陸也跟花寶保證，要是「淨化醫療計畫」能夠成功，他會將五成的收益贈與花寶，餘下的收入在扣除成本後，他會投入曙光基金會，專門用來幫助那些在「深淵大戰」中失去親人和重傷致殘的受害者。

曙光基金會是商陸私人創建的，基金會不對外募款，所有收入都來自商陸名下的產業收益。

在不確定自己的魔氣能夠治好的時候，商陸甚至立下遺囑，在他死後，財產全數捐給曙光基金會，並請政府機關、五大律師所和巡夜人總局進行監督，確保基金會的運作不會出問題。

花寶不在乎這筆錢，她平常沒有用錢的地方，對金錢也沒什麼實質的概念。

不過商陸說這是她應該拿的，又說花寶有錢以後，可以用這些錢買東西送給莉莉、朵朵和大白狼，花寶這才收下。

「研究院的研究進度很不錯，淨化藥劑已經進入最後的實驗階段。」

商陸向花寶說明著目前的進度。

「培育園那裡的進展不是很順利，淨化果實裡頭的種子，目前只有三分之一成功培育出幼苗……但這已經比我預期的要好上許多了。」

商陸跟花寶說了很多，將所有情況詳詳細細地告知，並沒有因為花寶年紀小而敷衍她。

只是他跟花寶雖然締結契約，卻也不到「羈絆」的等級，所以一人一幻靈的交流只在最淺顯的層面，對話一變得複雜，花寶就會像是在聽天書一樣，完全聽不懂！

看著表情泛著迷糊，小腦袋開始搖搖晃晃，彷彿即將睡著的花寶，商陸笑了笑，將她摟進懷裡，調整了下姿勢，讓她睡得更舒服。

他以前養過那麼多幻靈，自然知道幻靈的情況。

愛玩、不愛念書學習、容易發睏……這些都是幼崽的基本習性，跟一些調皮搗蛋、一旦覺得不耐煩了就開始鬧脾氣的幻靈比起來，他家花寶已經相當乖巧了。

花寶聽不懂沒關係，反正該她得到的東西，商陸都會為她規劃好，一分一毫都不會虧待她。

04

身體康復後，商陸也變得忙碌起來，淨化藥劑的研發和培育、企業集團的各項事務都需要他處理。

即使商陸聘僱了優秀的執行長代他管理企業集團，一些關於企業未來的發展規劃也還是要由他決策。

再加上他前往翡翠樹海尋找淨化幻靈的消息並沒有掩蓋，在他返回家裡後，還到醫院做了一次精密的身體檢查，一些關注他的人自然知道他體內的魔氣已經去除。

魔氣確實能夠被清除的消息一傳出，訪客自然就絡繹不絕地上門，有的是自己、家人、親友遭受魔氣污染，希望能夠從商陸這裡採購藥劑，也有的是看上這份商機，想要跟商陸合作。

商陸拒絕了商業合作，至於那些遭受魔氣污染的人，只要他們願意簽署淨化藥劑研究合約，自願成為藥劑測試者，研究院便會安排他們入院治療。

在這之後，巡夜人總局也旁敲側擊地詢問商陸，是否還想再回到巡夜人的隊伍之中？雖然深淵大戰已經結束，空間裂縫也自動關閉了，只剩下一些來不及返回深淵的怪物遊蕩，社會上的危機減少許多，但是巡夜人的工作依舊繁忙，眾多跟幻靈相關的犯罪案件都需要由巡夜人處理。

商陸以前能夠擔任北區巡夜人團隊的隊長一職，那就表示他是一個很有能力的人，巡夜人總局自然是想要挽回他，甚至還說許出了東區隊長一職。

花寶本以為商陸會順勢答應下來，卻沒想到商陸以「目前要以研究淨化藥劑為主」推辭了。

花寶不解地詢問，商陸摸摸她的腦袋，回道：「我並沒有說謊，我現在確實只是想要研究淨化藥劑，而且現任的東區隊長只是受傷，需要暫時離職，還不到卸任的程度……」

商陸雖然已經離開巡夜人團隊，但是他在那裡的朋友和人脈不少，經常能收到巡夜人團隊的消息。

據他所知，現任的東區隊長性格穩重、行事中規中矩、溫溫和和，沒什麼亮點，若是以前，大家肯定更看好富有戰鬥熱情、更霸氣凜然的隊長。

但是，時代不同了。

人們在戰爭中掙扎了那麼久、緊繃了那麼久，到了戰後，就該歇息歇息，放鬆情緒，紓解壓力。

商陸認為東區隊長的穩重作風正適合現在的戰後環境。

「咪嗚？」花寶困惑地歪著腦袋，「既然東區隊長沒有犯錯，那為什麼要撤掉他？」

「誰知道呢？花寶看完《寶寶小教室》了嗎？」

商陸微微一笑，輕描淡寫地將話題帶過。

他總不能跟花寶說，東區隊長被無辜地捲入總部的派系鬥爭，成了可憐的犧牲品了吧？

以往巡夜人團隊雖然也有派系之爭，但是大敵當前，即使有私心，在大是大非面前眾人也是一致對外，現在危機消失了，一些人的心思也開始浮動起來。

人哪！就是這麼複雜的生物。

他們可以宛如聖人一樣的美好，也能做出超乎常人想像的惡事。

商陸在心底感慨一聲，隨口轉移了話題。

「今天樹老師教了什麼？」

樹老師是《寶寶小教室》的授課老師，每一集都會教小朋友做一些簡單的小東西。

「樹老師教摺紙！我摺了星星給你！老師說，星星可以帶來幸運和幸福喔！」

花寶獻寶似地用葉片雙手捧出一顆小星星，小星星是用撒了金粉的金色高級紙張製作的，在轉動星星時，星星會隨著光線照耀折射點點光芒，非常好看。

小星星的規格比普通的星星摺紙要大上一些，形狀也有些歪七扭八，但是以花寶的葉片手而言，這樣的星星已經是她很用心製作的精巧物了，光是作廢的摺紙就有十幾張呢！

「真漂亮，謝謝花寶，我很喜歡。」

商陸接過星星，特地尋了個精緻的水晶盒將星星裝起，並將水晶盒擺放在書桌上。

一人一幻靈玩耍了一會兒，管家便來稟報，有訪客來了。

這次的訪客是江海，他提了一大袋食物過來，這些是巡夜人食堂中頗受好評的菜色，因為江海拜訪的時間鄰近中午，他乾脆就打包了午餐過來。

「上次約你吃飯，結果等到我忙完，竟然已經過去幾個月了……」

一進門，江海爽朗的聲音隨之傳來。

「聽說你這陣子很忙，應該沒空跟我出門，我乾脆就從食堂打包午餐過來了。」

江海提高了手裡裝著餐盒的袋子，展示著他打包的餐點分量。

在他身後跟著一隻黑毛金瞳的大老虎，老虎的立姿身高約莫有兩公尺，身長有三公尺多，老虎身邊飛著一隻幻影蝶，幻影蝶周身泛著銀灰色霧氣，霧氣中帶著點點閃芒，翅膀上有華麗的眼形花紋，體型有兩個手掌大，在兩隻契靈後方還有一株半人高的小樹人蹦蹦跳跳地跟隨。

這三隻都是江海的契靈，按照契約順序，黑虎是老大、小樹人排行第二、幻影蝶是老三。

江海的契靈數量原本不止這些，他跟商陸一樣，大多數的契靈夥伴都折損在深淵大戰之中，只留下這三隻契靈夥伴。

現在處於和平時期，三隻契靈伴隨執行任務已經足夠，江海沒有再契約新幻靈的想法。

不過這也是江海的契靈足夠厲害，才能以三隻打天下，換成其他隊員，基本上都是五隻契靈成隊，身家富裕、養得起契靈的人，會選擇多多益善！

在深淵大戰時期，聯盟會發放經費給契靈師養育契靈使用，那個年代的契靈師，每個人最少都養了八隻契靈，而像商陸這種不缺錢、不缺資源的隊長等級，更是養了二十隻以上！

這是當時的契靈師常態。

到了現在的和平時期，聯盟的預算重心轉移到戰後建設，據說契靈養育費用和其他項目都會有一定的縮減，不過這個議案還在討論當中，不一定會實行。

「林大廚聽說我要跟你一起吃飯，特地包了一堆好菜給我，還讓我替他問候你一聲，恭喜你身體恢復健康！」

江海非常自來熟地將餐點逐一擺上桌，並招呼著商陸和花寶坐下用餐。

「欸？大白呢？怎麼沒看到他？」

江海左右張望，找尋大白狼的行蹤，以前他買食物過來時大白狼都會立刻出現，怎麼今天悄然無聲？

「他去後山，玩夠了就會回來了。」

商陸看了一眼大白的餐點，裡頭都是大分量的肉塊，非常符合大白的口味。

「這位就是可愛的小花寶對吧？」江海將目光轉向花寶，「妳好，我是江海，商陸的好朋友。」

「咪嗚！你好！」花寶朝他揮揮手臂，友善地打招呼。

江海將一個小型的餐盒遞到花寶面前。

「這是巡夜人食堂大廚的拿手料理，植物型幻靈最愛的食物，妳嚐嚐看喜不喜歡？」

江海一邊為花寶掀開餐盒盒蓋，一邊誇張又搞怪地介紹。

花寶被他逗得哈哈直笑，對江海帶來的餐點也多了幾分好奇。

餐盒裡的食物是由蔬果和花朵組成，有形似蔬果泥的圓狀物，也有裹了粉油炸的炸蔬菜，還有調味過、葷素結合的炒菜。

食物的香氣勾得花寶的口水都要流下來了。

她看了商陸一眼，在獲得商陸的點頭同意後，開心地捲起叉子，插起一塊炸蔬菜。

嚼嚼嚼。

「唔……」

花寶歪了歪腦袋，這個炸蔬菜的味道不錯，但是裡面的能量很少呢！

商陸為她製作的餐點，不僅美味好吃，而且能量也沒有流失太多！

是因為油炸的關係嗎？

陸寶說過，油炸的東西不營養、不健康，只能當零食偶爾吃吃。

花寶轉而插起番茄炒蛋吃下，酸酸甜甜的滋味讓花寶相當喜歡，眼睛都不自覺地彎了起來。

然而，番茄炒蛋的能量，依舊不多，僅只比炸蔬菜多一些些。

「咪嗚？」炒菜也不營養嗎？

可是商陸煮的飯飯裡面也有炒菜呀！

陸寶炒出的菜，能量很多呀！

花寶頭上冒出了問號，困惑地看看商陸，又看看帶來這些餐點的江海。

最後，她捲起湯匙，舀了一杓蒸煮的蔬果泥。

商陸說過，蒸和水煮兩種方式，能夠最大限度保存住食物能量。

效果僅次於洗洗切切就完成的涼拌沙拉和果汁。

蔬果泥……說實在的，不好吃。

要不是商陸教她要珍惜食物，花寶早就將嘴裡的泥狀物吐出來了！

花寶很不能理解，同樣都是圓形的、打成泥的東西，冰淇淋球就很好吃，為什麼蔬果泥這麼難吃呢？

就算不拿冰淇淋球對比，商陸做的蔬果泥、馬鈴薯泥、水果泥這些也都比江海帶來的蔬果泥好吃多了！

而且能量也更多！

花寶小小的腦袋上冒出許多問號。

其實並不是廚師的手藝不好，而是商陸用心製作的食物附加了他對契靈的情感，感情看不見摸不著，卻是確實存在，而且能夠被契靈們感受到的。

添加了契靈師情感的食物跟廚師烹煮的食物相比，當然是擁有契靈師情感的食物更得契靈的心！

換個比喻來說，自助餐店炒大鍋菜的廚師跟專為一人精心規劃營養、烹煮合乎口味的飯食的廚師，當然是後者做出的精緻菜餚更好吃啊！

第四章

能量果凍

01

一直在留意花寶反應的江海，笑看著她。

「好吃嗎？」

「咪嗚，不好吃……」

花寶誠實地回答。

「好吃就多吃一點。」江海笑嘻嘻地說道。

他聽不懂花寶的話，但是按照他的了解，食堂大廚煮的菜餚受到許多幻靈的喜愛，他自己的契靈也很喜歡吃，所以他認為，花寶應該是喜歡的。

「我家的契靈每星期都要去食堂吃一頓，還好現在的薪水高，不然真養不起。」江海嘴上埋怨，卻是笑得很開心，像是在誇獎自家孩子一般。

「……」花寶糾結地看著江海的契靈。

「咪嗚？」你們真的認為這些食物好吃？

「樹！好吃呀！」樹人歡快地回答道：「雖然能量不多，但是味道很好。」

江海的廚藝糟糕，又很喜歡往食物裡添加一堆補品，導致烹煮出來的食物猶如巫婆的湯藥，味道恐怖至極！

他的契靈吃過他煮的黑暗料理後，紛紛投靠了食堂大廚，即使江海烹煮的料理中有他對契靈們滿滿的愛，他們也不想吃！

「蝶蝶，比能量晶球好吃。」幻影蝶也跟著附和。

「咪嗚？能量晶球是什麼？」

在幻影蝶的解說中，花寶這才知道，原來外面的幻靈除了日常飲食之外，還要定期補充能量晶球。

能量晶球是一種濃縮、提純過的能量結晶，結晶體大約米粒大小，幻靈依據本身的能量承受度，食用量從一湯匙到一大碗公不等。

能量晶球可以補充幻靈飲食中缺乏的能量，類似人類用來補充營養的維他命藥品、鐵劑、鈣片、蛋白粉這類。

能量晶球的味道不怎麼樣，但是能量豐沛。

幻影蝶還從空空球裡頭拿出了一小瓶能量晶球跟花寶分享。

——並不是所有幻靈都擁有空間，不過有一種叫做「空空樹」的幻靈會產出名為「空空球」的東西，這空空球就是一種空間儲物裝備，只是這種空間儲物裝備只有幻靈能夠使用，人類無法利用它，不然人類早就為這空空球搶破頭了！

雖然只有契靈能夠使用，空空球在市場上的價格依舊不低，最便宜的空空球也要三十萬起跳，空間大的高品質空空球要價幾百萬、上千萬！

江海能讓自家契靈都裝備一顆品質不錯的空空球，對他們也是相當疼愛了。

花寶謹慎地吃了一小口能量晶球，晶球的味道一沾染在口舌上，她的小臉隨即就皺了起來。

能量晶體的味道很淡，像是稀釋的果汁，可以嚐出裡頭有好幾種能量果實混合，因為是以製作藥品的方式製作，花寶還能嚐到化學藥劑特有的苦澀味！

「咪嗚，你們都吃這麼難吃的東西呀？」花寶同情地看著幻影蝶他們。

「蝶蝶，沒辦法，能量要是不夠，我們就沒辦法戰鬥了。」

幻影蝶也很嫌棄能量晶體，但是不吃又不行。

花寶想起她不久前獲得的【能量晶體製作（初級）】的技能，腦中靈光一閃。

「咪嗚！我也會做能量晶體，甜甜的，很好吃，我做幾顆給妳吃！」

能量晶體製作技能是將食物中的能量萃取出來，提煉成晶體狀，蘊含的能量是能量晶球的兩倍，而且味道也很好，隨著混合的能量果實不同，有各種不同的水果滋味，像是在吃水果糖一樣。

花寶從空間中取出三顆能量果實，發動技能，抽取果實中的能量，將它們凝煉、融合，最後凝結出一塊方形的能量晶體。

能量晶體並不算大，約莫是陸寶喝咖啡時，放入咖啡中的方糖大小。

「蝶蝶！好香、好甜的味道！」

幻影蝶抓起一塊能量晶體，小口小口地啃著。

「蝶蝶！好好吃，像花蜜一樣甜甜蝶，我喜歡這個味道！」

「樹！我也要吃！」

沒能吃到的小樹人在一旁蹦蹦跳跳，也想要吃能量晶體。

花寶隨即又做出幾顆能量晶體跟小樹人分享。

小樹人一口就將能量晶體吃下，臉上露出誇張的驚喜表情。

「樹！我喜歡，能量糖！樹！」

小樹人揮舞著枝椏扭動幾下，開心地又撿了一塊吃下。

一旁觀看的大黑虎也跟著探頭上前，嘴巴一張，舌頭一捲，將剩下的五顆能量晶體掃進嘴裡。

「吼！好吃！」

「咪嗚！這是濃縮的能量，你一下子吃那麼多，肚子會脹破的！」花寶擔心地看著大黑虎。

「吼！沒事，我還可以再吃幾顆！」

大黑虎衡量過自己的「肚量」後，甩了甩尾巴，還想再吃。

「吼！小傢伙，妳再做幾顆能量糖果，我用我的能量晶球跟妳換！」

「……咪嗚，不用換。」

花寶才不想要那麼難吃的東西呢！

不只是大黑虎想要能量糖，小樹人跟幻影蝶也想要。

他們從自己的空空球裡取出能量果實，讓花寶為他們製作。

果實的種類不少，花寶接連換了幾種不同的搭配配方，製作出不同口味的能量糖果。

——幾位幻靈都覺得能量晶體這個名字聽起來不好吃，就像能量晶球一樣，一想到就覺得嘴巴發苦。

這東西又甜又香又好吃，應該要叫做「能量糖果」或是「能量方糖」才對！

花寶從善如流地改了名字，又按照幻影蝶他們的喜好，調配出不同配比的能量糖果。

幻影蝶喜歡帶有花蜜香氣的能量糖果；小樹人喜歡草葉類清新氣息，類似薄荷糖的能量糖果；大黑虎喜歡酸甜的水果口味。

製作能量糖果所消耗的能量不多，但是上百顆的數量積累下來，也把花寶累趴了。

幻影蝶等契靈開心地收起屬於自己的能量糖果，又拿出各種禮物給花寶，慰勞她的辛苦。

「你們在做什麼？」

江海和商陸雖然在一旁聊天，卻也沒有忽略自家幻靈。

「這一顆顆的是……能量結晶？」

江海拿起一顆能量晶體，指腹與能量糖果相貼的位置可以感受到微弱的能量波動。

「將能量凝煉，表面還能鎖住能量不外洩？」江海感到相當詫異。

要知道，科研院也是經過多年研究，才研究出製造能量晶球的方法，而且他們雖然能夠製造出像方糖這麼大的能量結晶，卻無法將能量穩穩地封鎖住，放上一、兩天就會自動潰散，這也是為什麼市面上只能看見小顆的能量晶球的原因。

江海舔了一口能量方糖，感受著其中蘊含的能量和味道。

「這個比能量晶球好吃多了！」江海挑眉讚嘆道。

契靈師在戰鬥中消耗能量後，也需要服用能量晶球補充，不過因為人類跟契靈的體質不同，他們不能一下子吃進太多的能量，大概一茶匙的能量晶球就足夠。

因為量少，所以就算能量晶球的味道不佳，他們也能忍耐一下，當作是在吃藥一樣地吞下。

不過要是能更換成味道好的能量糖果，當然還是選糖果啊！

「就是太大顆、能量太多，契靈師不適合吃。」江海惋惜道。

這能量糖果的能量太純淨、也太多了，契靈師要是整顆吃下去，肯定直接爆炸！最多只能像江海剛才那樣，舔個幾口補充能量。

可是他們總不能戰鬥到一半，拿能量糖出來舔一舔再收回去吧？那樣實在是太損契靈師的臉面了！

「咪嗚！不能吃能量糖沒關係！我有果凍機！」

花寶拿出了一台像是果汁機的機器，這是前陣子從季禮包中開出的道具「能量果凍製造機」！

花寶將一顆蘋果大小的能量果實丟入果凍機裡頭，按下啟動鍵，機器運轉十秒鐘後，三顆能量果凍掉了出來。

能量果凍的能量溫和純淨，而且是將一顆果實的能量和果汁分割萃取成三顆果凍，能量偏少，就算是契靈師也能吃。

花寶平常就是將能量果凍當成零嘴吃的。

江海拿起果凍，嘗試性地吃了半塊，細細地感受著體內的能量。

「好東西啊！一顆差不多可以補充四、五成！完全不用擔心吃多！」
江海眼睛一亮，隨即想要拿起果凍機研究，卻被商陸攔住了。
「這是我正在研究的果凍機，目前僅只一台。」
為了不曝光花寶的特殊，商陸只能將機器的來源往自己身上攬。

02

「既然已經研究出來了……」
江海抽了抽手，想將果凍機摟進懷裡帶回家。
「還沒研究完成。」
商陸直接將果凍機抱住，不讓江海碰觸。
「這機器是意外研發出來的，我還不能確定能不能大量製造生產。」
「好吧！」
商陸都這麼說了，江海只能放棄，但他也不忘叮囑。
「製造出來後，記得賣我便宜一點！」
雖然巡夜人的收入高，但是開銷也大啊！光是契靈的食物跟營養品就是一筆大開銷，裝備跟醫療方面就更不用提了！不多接幾個任務都買不起！

「沒問題。」商陸回以微笑。

雖然無法將果凍機帶走，但是江海可以帶走果凍！

果凍機一次可以扔進三十幾顆能量果實進行製作，江海在商陸家裡待了半天，走的時候拎了好幾袋能量果凍離開。

送走了人，商陸這才找花寶談話。

「花寶，我不問妳這些東西是怎麼得到的，但是以後妳要拿出這些東西的時候，記得跟我說一聲。」

「咪嗚？」花寶不解地歪著腦袋。

「花寶拿出的東西很珍貴，要是讓壞人看見妳有這麼多稀奇的東西，他們就會想要搶走花寶、偷走花寶、威脅花寶替他們工作……」

商陸沒辦法解釋人心險惡，只能用最簡單的話語對花寶說明。

「咪嗚！不怕，我們有契約！」

「雖然我跟花寶締結契約，但是壞人要是想要搶走妳，也能有其他辦法。」

殺死商陸，他與花寶的契約關係就會消失，這是最簡單的方式。

商陸不想將這血淋淋的事情告訴花寶，不想嚇到這單純的小幻靈，只能婉轉地勸告。

「花寶是很特別的幻靈，目前所有幻靈中，只有妳有淨化能力，這是很珍貴的力量。人類之中有好人也有壞人，壞人最喜歡搶奪珍貴的幻靈。

「在人類世界中，幻靈可以賣出高價，有些人就會去偷幻靈蛋和幻靈幼崽來賣，地下黑市最受歡迎的商品就是幻靈，巡夜人每年都可以破獲幾十件偷盜幻靈的大案子……」

商陸一連說了好幾個案子，讓花寶提起戒心，把花寶嚇得撲向商陸，抱住他的臉頰貼貼。

「咪嗚！花寶怕怕，要貼貼才不會害怕！」

商陸哭笑不得地抱著花寶，再度叮囑道：「為了保護花寶，以後花寶不能在別人面前拿出東西，知道嗎？」

「咪嗚？吃的也不能嗎？」

「吃的可以。」

「咪嗚，江海也不能？」

你們不是夥伴嗎？

「江海……是可以信任的朋友，但是他的工作和職責很有可能會跟我們起衝突，所以還是不能將東西給他看。」商陸謹慎地回答道。

人心易變，誰也說不準以後。

「人類的『朋友』有很多種，可以託付性命的朋友、吃喝玩樂的朋友、生意合作的朋友，並不是所有朋友都能信任的……」

人類可以因為利益而合作，商陸自然也有很多因為利益而結盟的「朋友」，要是花寶誤以為他的朋友都能信任，那可就糟糕了！

「花寶能理解我的話嗎？」

花寶不懂，但是花寶會總結！

「咪嗚！花寶的道具只能給商陸看，不給別人看！」

「對，花寶真聰明。」商陸笑著摸摸她的腦袋。

「咪嗚，可是果凍機被看到了。」花寶擔心地說道。

「沒關係，我有辦法解決。」

商陸以前養過一隻機械類的契靈，那是他的老師送給他的禮物。

為了更好地照顧機械契靈，商陸學習了不少機器方面的知識，拆開果凍機來研究，複製出一個仿品或是一個半成品，對他而言並不是太過困難的事。

再不然，丟去給研究所研究也行。

只是在丟給研究所之前，他這裡需要先準備一些「研究資料」，讓果凍機的來源有個出處才行。

攬下這件事後，商陸變得更加忙碌了。

幸好公司的事務已經處理得差不多，剩下的交由手下管理即可。他之前丟下工作那麼久，公司也沒有出現狀況，可見聘僱的管理者還是很優秀的。

商陸埋頭研究果凍機，花寶也沒有閒著。

她很忙，每天的行程都是滿檔。

早上起床吃完早餐後，她要看幼教影片學習，學習一小時後，她要跟朵朵和莉莉通訊聊天，中午吃完飯後，她會看半小時的幼教影片，然後吃吃果凍、吃吃點心、玩玩《契靈守護》遊戲，然後再繼續學習。

到了下午四點左右，商陸會離開實驗室休息，她會陪著商陸玩耍一段時間，然後商陸會去廚房準備晚餐，她就跟新結交的朋友幻影蝶、小樹人他們打電話聊天，到了用餐時間，大白狼就會從後山回來，有時候他還會帶回受傷的夥伴讓她治療，因為白狼的關係，花寶認識了不少後山的朋友。

今天也一樣，大白狼又帶回一隻幻靈了，而且還是沒見過的陌生幻靈。

新幻靈是企鵝造型的木偶，渾身髒兮兮的，身上有多處被撕咬的缺口和大大小小的刮痕，看起來狼狽又可憐。

「嗷嗚！這隻家養幻靈是路上撿的，他受傷很嚴重，妳幫他看看。」

大白狼的用詞很嚴謹，有跟人類結契的叫做契靈，沒有契靈師的是幻靈。

不過這隻企鵝木偶身上帶有人類的氣息，不像是沒有人養，恐怕是他的契靈師遭遇了不測，導致他從家養契靈變成家養幻靈了吧？

「咪嗚。」

花寶應了一聲，隨即對著被放到桌上的企鵝木偶刷了幾次治療。

治療結束後，企鵝木偶身上的缺口依舊存在，但是生命氣息已經穩定。

「咪嗚？為什麼他的傷口不會恢復？」花寶很納悶。

幻靈是能量生物，即使斷了腿、被咬掉一塊肉，只要治療技能一刷，補足了生命能量，幻靈的斷肢和大小傷口都會完全恢復！

花寶還是第一次遇見恢復不了的幻靈。

「嗷嗚，他是造物型幻靈，需要補充其他元素才能讓傷口恢復。」

造物型幻靈就是從木料、金屬、布料等物質中誕生的幻靈，他們算是能量和材料混合構成的幻靈，治療他們時，除了給予能量之外，還需要補足缺乏的材料才行！

「咪嗚？什麼元素？」

「嗷嗚……以前阿陸養過機械幻靈，那傢伙是吃各種能量礦石和金屬恢復身體的。」

「咪嗚?那他是木偶，所以是吃木頭?」

「嗷嗚，他身上也有金屬零件，可能還要吃一些金屬?」白狼不太確定地回道。

花寶沒有木頭，不過她之前抽到一堆家具和擺設，這些東西都是含有能量的木製品，可以送給企鵝木偶吃!

掏掏掏!

花寶的葉片小手飛舞，很快就從空間裡取出一堆木製品。

不曉得是聞到「食物」香氣，或是正好要甦醒了，當花寶將擺設和家具堆放在桌上後，企鵝木偶也醒來了。

「噗噗，好香、好多食物。」

餓了許多天的企鵝木偶，看見身旁堆積如山的木製品後，顧不得周圍環境，直接抓起來開啃!

「咔咔、咔咔咔……」

就像是在啃餅乾一樣，企鵝木偶啃著一張圓形單人餐桌，嘴裡發出清脆的木頭斷裂聲響。

這圓形單人餐桌可比他的體型還要大上數倍，卻被企鵝木偶迅速俐落地吃個精光！

吃完了餐桌，企鵝木偶打了個飽嗝，身上發出乳白色光芒，光芒像是繭子一樣包裹住他。

幾分鐘後，光繭散去，企鵝木偶身上的缺口都恢復了，身上的髒污顏色也變得乾淨、鮮亮，體型更是從二十幾公分長大到五十幾公分。

除此之外，他的頭頂上多出一頂紳士帽，身上的破衣裳也換成了燕尾服，裝扮變得精緻許多。

「咪嗚，長高高了。」花寶羨慕地看著企鵝木偶。

她也好想要長高高啊！

「噗噗，謝謝你們救了我。」

企鵝木偶拿下頭頂上的紳士帽，如同優雅的貴族，向花寶和白狼行禮致謝。

「咪嗚，不客氣。」花寶揮了揮葉片手臂。

按照花寶的經驗，接下來幻靈應該就會告辭離開了——她之前醫治過的幻靈都是這樣，不會在人類的住處多待——不過眼前這隻幻靈卻始終沒有開口，現場突然陷入一陣奇怪的寂靜。

花寶……欸？

03

或許是察覺到氣氛尷尬，企鵝木偶主動開口了。

「噗噗，我是『阿木』，一名企鵝木偶。曾經的契靈師是製造木製家具和裝飾販賣的木匠，契靈師過世後，阿木也變成流浪幻靈，因為迷路，阿木誤闖森林，遇見了野獸，遭到野獸攻擊……」

幻靈具有基本智力，所以除非侵占到對方地盤，否則幻靈並不會主動發動攻擊，頂多只是威嚇、將人嚇跑。不過動物就不一樣了，生長於山林的野獸普遍具有攻擊性，脾氣不像寵物那麼溫和，攻擊幻靈、侵占幻靈地盤的事件經常發生，這也是大白狼會經常跑到後山巡視地盤的原因之一。

「阿木不喜歡流浪，想問你們需不需要員工？阿木很擅長製造木製品，桌子、椅子、凳子、首飾盒、箱子，阿木都會！阿木還會雕花！阿木會做木頭飾品！」

說著，企鵝木偶打開自己的肚子，從黑幽幽的空間裡頭取出自己的作品。

企鵝阿木取出的作品都是小件飾品，從講究做工的三層式多寶盒、鬼工球到雕刻著鏤空花紋的手串、髮簪、髮夾都有。

造型極為精緻細膩，內裡機關重重，堪稱鬼斧神工！

花寶沒見過這麼精巧的東西，一看就喜歡上了。

「咪嗚！我喜歡！我問問陸寶！」

待在實驗室中的商陸被找過來，了解經過後，笑著同意花寶的請求。

「既然是大白和花寶的朋友，那就留下來吧！」

以他的身家財產而言，別說多養一隻幻靈了，就算養上一百隻也沒有問題！

「噗噗，抱歉，我不想跟人結契。」

出乎預料地，企鵝阿木率先拒絕了。

「請放心，我沒有打算契約你，我有花寶跟大白就夠了。」

商陸說的是真心話，他確實沒有再增加契靈的打算。

已經決定不再回到巡夜人隊伍的他，身邊有兩隻契靈陪伴就夠了。

「噗噗，阿木想要工作賺錢，不想要吃軟飯。」企鵝阿木認真地說道。

「工作啊……你有想要從事的工作嗎？」商陸問道。

許多曾經有過契靈師的契靈，在契靈師死後都不願意再與人結契，寧可像人類一樣，靠著工作賺取自己的生活費，也因為這樣，各行各業都有契靈參與工作，企鵝阿木想要找到工作並不困難。

「噗噗，我喜歡木工。」頓了頓，企鵝阿木又面露遲疑地說道：「我被黑市的壞人追殺，我怕他們會去我工作的店找麻煩。」

「咪嗚？為什麼被追殺？」花寶震驚地追問。

經過企鵝阿木解釋，眾人這才知道，阿木在契靈師死後的經歷。

在阿木的契靈師死後，一些從沒聯繫過的親戚突然冒了出來，想要搶奪契靈師留給阿木的遺產。

阿木自然不肯，他跑去契靈保護協會控告對方，並提交出契靈師的遺書和遺產轉移的證明。

那些人沒能拿到遺產，還因此被罰錢，心有不甘，於是就找上了黑市的人，想將阿木賣給黑市。

那些人認為，要是阿木消失了，他手上的財產就會落到他們手上。

然而，阿木在那群人出面搶奪遺產後，為了預防萬一，就學習契靈師立下遺書，要是有一天他遭遇意外失蹤或是死亡，那些財產就全數捐贈出去。

這份遺書一式三份，一份由阿木自己留存，另外兩份交由律師和契靈保護協會託管。

阿木被綁架到黑市後，藉由契靈師生前教導的生活知識和各種逃生技能，順利從那群人手上脫困，還放走了不少同樣被抓過來的受害契靈。

脫離險境後，阿木帶著受害契靈跑去警局報案，並提交出相關證據，那群壞人和販賣阿木的親戚都被關進監牢去了。

只是因為阿木的揭發，黑市有不少人遭殃，那些人便找上阿木報仇，讓阿木不得不到處流浪。

「竟然有這種事……」商陸眉頭微皺，見企鵝阿木面露沮喪，又微笑著安撫，「你放心，我為你找的老闆背景強大，不怕黑市騷擾。」

「噗噗？那就拜託了！」企鵝阿木感激地道謝。

「那麼，我先聯繫對方，明天早上帶你過去？」

「噗噗，好的！謝謝！」

敲定行程後，企鵝阿木就在商陸家裡住下了。

隔天，商陸帶著花寶、大白狼和企鵝阿木駕車前往約定地點。

商陸為企鵝阿木找的老闆是他以前的同事，名為「葉麒麟」，是一名極為優秀的契靈培育師。

葉麒麟家裡是培養幻靈的飼育屋，幾代人經營下來，在全國各地有一百多間分店以及一千多間的加盟店，堪稱幻靈飼育界的龍頭老大。

葉家人具有很好的動物緣和極高的親和力，廣受幻靈的喜愛，葉家人甚至可以在沒有契約的情況下與幻靈們溝通，堪稱是一種特殊的傳承天賦。

葉麒麟曾經受聘成為巡夜人總局的培育師，替巡夜人培育出優秀的契靈。

在深淵大戰結束後，葉麒麟也辭去職位，選擇自行創業。

他不願意回到家族企業工作，而是買下了一大塊戰後廢墟進行重建，開設了「心緣契靈文創園區」，讓在大戰中傷殘退役的戰士和失去契靈師、不願意跟其他人結契又無處可去的契靈在此工作，販賣他們製作的文創商品和餐點。

心緣契靈文創園區位於城西區，位置靠近城郊，但是這裡並不偏僻，甚至可以跟繁華的商業圈媲美。

心緣契靈文創園區附近有官方經營的契靈生態園區，更遠一些的城郊還有一大片的原始生態保護區，動物和幻靈種類繁多，相當適合親近自然的契靈生活，不少契靈師都會前往生態保護區找尋能與自己締結契約的契靈。

心緣契靈文創園區的左邊是學區，開設了好幾間學校，從幼兒園到大學都囊括，這裡也是家長們最喜歡的居住地點，房價向來居高不下。

學區附近設有普通醫院、契靈醫院和療養院，還有小商場和農貿市場，生活機能相當便利。

商陸將車子停妥時，葉麒麟已經站在心緣契靈文創園區門口等待。

葉麒麟的樣貌白淨斯文，不曉得是不是培育師的關係，他身上自帶一股幼教師和醫生混合的氣質。

「好久不見，恭喜你恢復健康。」

「謝謝。」

葉麒麟與商陸打聲招呼後，注意力就轉移到商陸帶來的契靈身上。

「是這位企鵝先生要來我們這裡工作嗎？」

他蹲低身子與企鵝阿木平視，眉眼帶著和煦的笑意，說話的語調溫和輕快，像是幼教師哄小孩子的音調。

這種輕柔的語氣相當安撫情緒，原本還有些緊張不安的企鵝阿木，在跟葉麒麟交談幾句後就放鬆下來，眉眼間的陰鬱散去不少。

「走吧！現在還沒開園，我帶你們參觀一下。」

葉麒麟帶他們搭乘園區的遊園小火車，順著設計好的路線遊覽心緣契靈文創園區。

心緣契靈文創園區占地遼闊，除了有各種創作工坊之外，還有商品店、餐廳、契靈咖啡館和小型生態園，據說整座園區是聘僱一流的設計團隊設計的，設計理念是將人、契靈和大自然結合，打造出一個天然的休閒園區。

小火車的軌道有好幾條，繞行的位置也不一樣，在大致了解園區內的風景和布置後，葉麒麟帶著他們轉搭另一輛小火車，從另一條軌道來到了位於小山坡上的木匠工坊。

木匠工坊是一座「回」字型結構的雙層木屋群，原木色的牆面搭配漆成紅色的鮮豔屋頂，幾乎占了大半牆面的大型玻璃窗讓屋內採光明亮。

為了配合部分契靈的龐大身軀，工坊建構得相當高大寬敞，一層樓就有普通民宅的兩層樓高。

工坊內，兩側的架子上整齊擺放著各式木匠工具，每一位匠人都有屬於自己的大型工作桌和工具架，桌子與桌子之間的間隔相當寬敞，幾乎能再放進一張工作桌，完全不用擔心會干擾到其他人。

「目前木匠工坊有四十三名匠人，學員有兩百三十七名，都是園區培育出來的……」

葉麒麟領著眾人往工坊內走，一邊走、一邊介紹道。

「心緣有員工宿舍和員工餐廳，入職後可以選擇要不要入住宿舍，餐廳伙食免費，每個月還能獲得免費的能量補給品……

「心緣將木匠的手藝水準劃分成學員、初級、中級、高級、匠師和特級匠師，不同等級領到的薪水和福利都不一樣，販售作品的抽成也不同。

「學員月薪一萬八，因為學員等級的作品還不到上架販售的水準，所以學員們沒有銷售抽成的收入，但是有年終分紅，要是表現出色，也有相對應的獎勵制度……

「初級匠人月薪兩萬五到三萬五，每販賣一件作品，匠人還可以拿一成抽成。

「中級匠人月薪是四萬到七萬，販售抽成可以拿兩成。」

企鵝阿木對金錢還是有些概念的。

他以前的契靈師靠著販賣作品和各種木料維生，收入不好的時候，一個月只能賺到一、兩萬，生意好的時候可以賺到二、三十萬，他們家的生活開銷加上水電等支出，一個月的花費大概是六萬元，如果扣除阿木需要的能量補給品，花費還可以減半！

待在心緣工作，不用擔心食宿的開銷，學員的薪資就已經足夠企鵝阿木生活。

「高級匠人的薪水十二萬起跳，抽成可以拿三成半到四成半，而且還可以獲得園區每年的收益分成。

「高級匠人的作品屬於高級精品，創作不易，所以園區不會要求他們每個月要交出多少作品，只需要每年給園區十件小型作品或是五件中型作品，或者是一、兩件大型創作就可以。

「心緣會為高級匠人創立品牌，會從設計師、品牌合作、創作展覽幾方面進行宣傳……各方面的收入加一加，年收入可以達到千萬以上。

「匠師的薪水是三十萬起跳，匠師的作品都是直接送拍賣會的，拍賣的價格扣除掉拍賣會的抽成，匠師跟園區各分一半。另外，園區每季的收益，匠師可以拿到三成分成。

「如果有買家指名訂作匠師的作品，該件作品園區只收基礎的成本費用，餘下的收入歸匠師所有。

「特級匠師屬於國寶級，全國也只有七十幾位，我們心緣目前沒有特級匠師……」

那些國寶級匠師都有熟悉的合作方，不會隨便跟陌生人合作。

頓了頓，葉麒麟勾出一抹淺笑，信心滿滿地說道。

「不過我相信，我們心緣以後也能夠出現國寶級匠師。」

心緣的職員意志都很專一，一旦選定方向就會不斷鑽研，這種精益求精的匠人精神，正是走上行業巔峰最需要的信念。

雖然心緣的匠人才剛在行業中冒頭，名聲不顯，但是葉麒麟相信，假以時日，他們肯定可以功成名就，而心緣也會因為這些匠人成為知名的文創園區！

葉麒麟很期待那一天的到來。

「工坊為了促進良性競爭，會有分組競賽，由中級匠人擔任組長，組員是初級匠人和學員，競賽類別很多，像是技藝競賽、生產競賽、銷量競賽、創意競賽等等，在競賽中獲得前三名的組別可以獲得獎金，最後一名會被記警告，要是連續三次都是最後一名，那就會扣薪水，甚至是辭退。」

手藝笨拙沒有問題，但是沒有上進心、懶散怠惰，那就是大問題了。

「心緣對職員的健康很重視，每半年會有一次免費的身體健康檢查，要是檢查出問題，園區設有醫療基金，可以為職員減輕經濟上的負擔。

「園區內還設有職員專用醫療館，要是覺得身體痠痛、疲憊想要放鬆紓壓，都可以免費使用醫療館。

「另外，在園區工作到退休，工作年資滿二十年的職員，在退休後可以免費入住園區附設的『心緣職工養護園』，一直住到生命終結為止。

「如果工作年資超過十五年，未滿二十年，那就需要支付三成費用；年資是十到十五年的，需要支付六成……」

葉麒麟巴啦巴啦地說了一堆，將園區的薪資福利介紹清楚後，他來到自動販賣機前，拿起自己的員工證往販賣機面板上一刷，點按幾下，得到一瓶礦泉水和幾瓶飲料。

「自動販賣機的東西也是免費的。」

他將飲料分給商陸、企鵝阿木、花寶和大白狼，而後打開礦泉水，咕嚕咕嚕地灌了好幾口，半瓶水就這麼沒了。

歇了口氣，葉麒麟笑盈盈地看著企鵝阿木。

「我剛才說的這些，沒記住沒有關係，等你通過測試入職以後，會拿到一本職員手冊，上面都有寫。」

「測、測試？」企鵝阿木緊張地捏緊飲料瓶。

「別擔心，只是要了解你的木工製作程度，這樣才好確定你是哪一個等級的職員。」頓了頓，葉麒麟又道：「就算只會一點點也沒關係，可以從學員做起。」

換句話說，要是企鵝阿木什麼都不會，也不過就是從學員起步，從頭開始學習罷了。

換成一般的招聘，可沒有這麼優渥的待遇。

不過心緣契靈文創園區原本就是為了無主契靈和退役戰士創辦的，他們在戰鬥上相當精通，有的人可以用十幾秒就將槍械拆卸和復裝，有的人可以精準狙擊遠方，有的人精通十數種格鬥技術……

只是脫離了戰場，他們就只是再尋常不過的普通人，很多事情都要重新學起。

從一個威風凜凜的頂尖優秀人才變成新手，從體格健壯的強者變成生活不便的殘疾人士，生活上的經濟條件從優渥到需要精打細算，這中間的落差其實很難調適，幸好他們都很努力地學習，也很積極地配合醫生調整自己，讓自己轉職後的新人生再度煥發生機。

「木工測試，沒問題！」

企鵝阿木原本還擔心測試的內容他沒有學習過，但一聽說是檢測木工實力，他就不怕了！

他，企鵝阿木，木工技術棒棒噠！

「來，這張工作桌沒人用，你就在這裡製作吧！」葉麒麟指著一張靠窗位置的工作桌說道：「製作的東西沒有限制，你就做你最拿手的東西就行了。」

他又指向屋外的一間小屋，「這個是材料倉庫，裡面的東西你可以隨便取用。」

葉麒麟看了一眼手錶，「現在的時間是早上八點五十，考核時間就到中午十二點為止，你只需要製作出一件小型作品即可。」

雖然時間短暫，但是用來製作一件小型作品已經足夠。

材料庫的材料都是進行過初步處理的，經過裁切即可使用，工坊裡的學徒都能在這點時間內做出一、兩件小型作品，要是結構簡單，做出三至五件也不成問題。

「好！」

企鵝阿木興致高昂地揮舞著小翅膀，轉身朝材料庫跑去。

企鵝阿木忙著入職測試，葉麒麟也沒有冷落商陸等人，他從販賣機裡買了一堆點心，招呼眾人坐在旁邊休息。

工坊裡的自動販賣機足足有八台，販賣的商品種類相當多，常見的飲料、零食、餅乾、麵包和水果，罕見的自助式泡麵、即時熟食、小火鍋、便當，甚至是簡易的外傷急救用品、生活用品都有！

「沒辦法，我們這裡的職員都是工作狂，一步都不願意離開工坊，連吃飯都要我們派人送過來。」

葉麒麟無奈苦笑，隨手將點心包裝打開，讓花寶他們方便取用。

「他們鑽研作品的時候還會直接睡在這裡，趕都趕不走，為了讓他們過得舒適一點，只好盡可能把他們要的東西都送進來了……」

葉麒麟開設這間園區，是希望能給退役戰士和契靈們一個退路，一個能容納他們的地方，並不是為了賺錢，卻沒想到他們比他還要認真在經營這裡，每天都在想著該怎麼賣出更多作品，該怎麼讓園區興盛起來。

看著他們這麼積極的模樣，葉麒麟都覺得自己這個老闆當的很不稱職。

第五章

心緣契靈文創園區

01

「最近賺了點錢，園區打算採購新品替換以前買的二手貨，不少產品都是你公司生產的，便宜點賣我吧！」葉麒麟直截了當地對商陸說道。

心緣契靈文創園區剛開始創業時，雖然獲得了家人的金錢資助，但也還是有過一段時間的虧損期，為了減少開銷，園區內有很多東西都是採購經濟實惠的二手貨，現在園區賺了錢了，自然就想將一些不好用、已經修理過多次的二手貨換掉。

「可以，給你最低價。」商陸答應得爽快。

商家的商榮集團每年都有公益和慈善的捐助活動，只是心緣契靈文創園區不是慈善機構，不能用這種名義捐贈，而且葉麒麟也不願意收捐贈品，他不希望自家員工被同情、被可憐。

他寧可厚著臉皮跟人討價還價，死不要臉地爭取折扣，也不希望自家員工被看輕了。

商陸不僅低價出售自家商品，甚至還買一送多。

「我的研究所已經將淨化藥劑研究出來了，預計下星期上市，送你一批試用？」

「好！」葉麒麟雙眼發亮地接收了。

商陸在研究淨化藥劑的事情，早就在業界傳開了，所有人都在等著這批藥劑上市，想知道這款藥劑是不是真的那麼神奇？

「淨化藥劑是純粹淨化嗎？還是還有其他作用？」

葉麒麟已經在盤算心緣以後應該採購多少淨化藥劑，往後的職員醫療配比又該怎麼調整？

心緣契靈文創園區也有不少遭受污染的契靈和戰士，只是他們的污染程度低，又有各種藥劑和醫療手段壓制，目前還能承受。

可是能夠恢復健康，誰又想當病人？

「淨化藥劑也有治療效果，而且研究所發現，淨化藥劑還有紓解精神壓力、輔助睡眠以及淨化身體雜質、維持身體機能的效用，就算體內的魔氣淨化完畢，還是可以當成日常保養品使用。」

「價格呢？」

「目前定價一瓶兩萬八，折扣價算你一萬八。」

不管是以療傷藥劑的價格或是淨化治療來說，淨化藥劑的定價算是很低了。

按照等級和品質不同，療傷藥劑的價格在五千到兩萬八之間，而醫院的淨化治療一次就要三萬五千起跳！一個療程差不多要治療十到十五次，而且還治不好！

心緣的支出開銷，光是職員醫療方面就占了大半。

現在有更便宜、好用而且確定可以治好職員的淨化藥劑，傻子才會不買！

「醫治療程需要幾瓶藥劑？」葉麒麟問道。

「輕度污染一天一瓶，連喝一星期即可治癒；中度污染一天兩瓶，喝上半個月到一個月，像我那種程度的重度污染，要連喝四個月，一天三瓶。」

「那就先給我一萬瓶。」

葉麒麟估算著自家職員需要的藥劑量，以及現在能夠動用的款項，先下了一筆訂單。

「一次買一萬瓶有更好的折扣嗎？」葉麒麟半開玩笑地問道。

雖然商陸已經給了低價，但是如果能再打個折，多省點錢，他就能夠多買幾瓶淨化藥劑了。

「沒有打折，不過可以給你一台能量果凍製造機試用。」

「能量果凍？契靈吃的？能量多少？」

「人類跟契靈都可以吃。一顆能量果實可以製造出三到四顆能量果凍，雖然能量比晶球少，但是味道比晶球好……」

商陸示意花寶取出能量果凍製造機，當場製作能量果凍給葉麒麟試吃。

葉麒麟試吃過後，驚為天人！

「好東西啊！這台機器多少錢？」

「初步估價為一百五十萬，下個月中旬上市。」

商陸已經將機械的結構解析完畢，這種果凍機只要知道核心訣竅就不難製造，只是果凍機的製造材料大多來自秘境產物，生產成本高，定價自然低不下來。

不過買一台果凍機回家，只需要買價格低廉的能量蔬果就能源源不絕地製造出能量果凍，不需要再買昂貴又難吃的能量晶球，算起來還是賺了。

葉麒麟粗略地估算一下，表情一陣變幻後，直接抓住了商陸的手。

「哥！陸哥！再便宜一點吧！淨化藥劑一瓶一萬行不行？機器一台九十萬行不行？接濟一下小弟我吧！」

原本還因為心緣去年業績好，賺了一大筆錢，覺得可以闊氣地汰換裝備、買藥劑、給職員買各種東西的葉麒麟，現在覺得自己還是好窮，連果凍機都沒辦法豪氣地買上一百台！

「果凍機目前已經產出兩百台作為試用品……」

「我這邊可以幫忙試用五十台！」葉麒麟相當配合地邀請道。

「想得美！頂多給你十台。」商陸沒好氣地白他一眼，「其他的果凍機已經有人預定了。」

一直覬覦著能量果凍機的江海，早在聽說果凍機已經製造出來後，馬上就來跟商陸訂了五十台，說是要裝配到他管轄的巡夜人團隊中。

「我這邊園區這麼大，職員這麼多，只有十台不夠用啊……」

葉麒麟試圖多爭取幾台機器，為員工添加福利。

「心緣有上萬名職員，光是契靈職員就占了六千多，這些果凍能量純淨、味道又好，給他們當作零嘴相當合適，比那個貴得要死又難吃得要死的能量晶球要好多了……」

雖然果凍機製造的果凍能量比晶球少，但是它好吃啊！

葉麒麟相信，只要嚐過能量果凍的滋味，契靈們肯定會願意將能量晶球更換成果凍！

再說了，果凍的能量少一點又如何？多吃幾顆就補回來了。

以契靈的大胃口來說，就算讓他們吃一水缸的果凍也能吃進去！

在葉麒麟的死纏爛打之下，商陸鬆口給他們二十台果凍機，日後心緣園區如果想要追加採買的話，給他們打八折優惠。

在他們閒聊當中，木匠工坊的職員也陸陸續續上班了。

心緣的職員上班時間不定，按照職務類別，上班最早的是負責園區三餐的廚師和清潔人員，他們七點就需要開工了；園區的導覽人員和服務人員和匠區的學員都是九點上班，匠人們則是彈性上下班，自己調配時間。

他們看見葉麒麟時本想上前打招呼，只是發現他身邊還有人，而且另一張工作桌有陌生契靈在製作東西時，便自動噤聲，只是朝葉麒麟點點頭、揮揮手，不去打擾他們。

他們看過好幾十遍的測試入職了，很清楚現在正在切割木料的企鵝契靈正在進行入職測驗，如果不出意外，這隻企鵝契靈肯定會成為他們的同事。

以往的測試也不是沒有出現過意外的時候，最常見的就是沒能通過測試，轉去其他部門工作，但是也有入職一段時間後，覺得另一個部門的工作更適合自己，自行提出轉調部門的。

對於這些情況，他們都是給予祝福的。

反正不管在哪一個部門，都是心緣的員工，都是自己人（靈）。

02

「噠噠！好香，我聞到一股純淨又香甜的能量氣味。」

一隻外型是啄木鳥，身體是木質結構，但是嘴喙、爪子和翅膀是金屬的契靈低聲說道。

「氣味是從麒麟那裡傳來的。」外型如同一顆巨型魔術方塊的契靈回道。

「沒聞過這種氣味，是新的零食嗎？」

「等客人走了，我們再去問麒麟。」

如果光聽心緣契靈的過往，會覺得他們很可憐，在戰爭中失去契靈師、受重傷、無處可去……

會不由自主地將他們跟低沉、陰鬱、悲傷聯想在一起。

其他的契靈或許是這樣，但是在葉麒麟這裡，心緣的契靈們已經恢復了開朗。

他們在葉麒麟面前總是打打鬧鬧，像是一群鬧翻天的熊孩子，把葉麒麟氣得快要爆炸，但是在客人面前，他們還是會保持形象，維護心緣的臉面。

「那個坐在白雲上的小幻靈真可愛，小小一隻，頭髮還是漂亮的粉色。」外型是大黑熊的高大契靈看著花寶，眼裡滿是喜愛。

大黑熊的身形龐大，但是卻有一顆粉紅色的熊熊心，他是個精緻萌物控，最喜歡精緻小巧、可可愛愛的東西，他所創作的作品也是清一色的小模型、迷你模型，在模型市場上具有相當高的人氣。

「哎呀！她長得可真漂亮！我想為她製作衣服！」前來串門子的縫紉部契靈也跟著嚷道。

「那隻小幻靈是什麼種族啊？以前從沒見過這類型的？」

「不知道小契靈喜不喜歡吃蜂蜜？」

大黑熊從空空球裡掏出一罐珍藏的蜂蜜，想要跟可愛的花寶分享。

大黑雄的天賦技能之一是「釀蜜」，可以釀造出各種口味的美味蜂蜜，只是大黑熊自己也喜歡吃蜂蜜，所以他釀造的蜂蜜都是自釀自吃，很少跟其他人分享。

現在花寶一來，他就想給花寶蜂蜜吃，讓其他契靈紛紛嚷著大黑熊偏心。

接收到大黑熊的召喚，花寶跟商陸招呼一聲，在大白狼的陪伴下一起來到大黑熊面前。

「小可愛，我是大月熊。」

黑熊的胸前有一道V字型白色條紋，形似彎月，名字便是由此而來。

「我很會釀蜂蜜，請妳吃蜂蜜。」

大黑熊一邊說一邊開啟蜂蜜罐，用木製湯杓舀出一杓放進玻璃杯中，倒進清澈甘甜的山泉水後，再慢慢地將蜂蜜水攪拌均勻。

「大月熊你好，我叫做花寶，我會製作能量糖果，請你、你們吃！」

花寶學著大月熊的介紹詞，從空間裡取出之前做好的各色能量糖果，堆放在乾淨的大盤子裡，又用果凍機製造出好幾大盤的能量果凍，邀請眾契靈一同品嚐。

大月熊釀造的蜂蜜是有能量的，但是比起花寶的能量糖果來說，蜂蜜的能量可就稀少許多，連能量糖果的三分之一能量都不到！

契靈們吃幾顆能量糖果就能飽腹，而蜂蜜水則是要喝上好幾大桶，雖然契靈們的胃口都不小，但是他們也沒辦法一口氣喝下那麼多水啊！

相較之下，契靈們自然更喜歡花寶的能量糖果和果凍。

「嗝！好久沒有吃這麼飽了，真舒服……」

吃飽喝足的契靈們，摸著鼓起的肚皮，心滿意足地癱在椅子上休息。

心緣在吃食上從沒有虧待過契靈們，選購的食材都帶有些許能量，只是這點能量對於契靈們來說並不夠，他們還需要吃能量晶球補充缺乏的部分。

能量晶球不受契靈們喜歡，但也不代表它的售價就低了。

為了不讓心緣虧損太多，心緣的契靈們在能量晶球的攝取上都是維持在最低需求，不足的部分就用三餐和零嘴填滿。

這也造成了心緣的契靈們其實經常處於「半飢餓狀態」。

如果是處於發育期的契靈，能量攝取不足會影響到他的天賦發展，甚至會從戰寵變成攻擊力微弱的家寵，若是受傷的契靈，能量匱乏會影響他們的傷勢修復，讓他們變得更加虛弱。

心緣的契靈都是從戰場上退役的成年契靈，身上的傷勢能治療的都已經治癒，無法治療的傷勢，契靈們也看淡生死，隨它去了，所以即使缺乏能量會讓他們覺得不舒服，他們還是堅持己見，不想增加心緣的財政負擔。

葉麒麟也知道這一點，他經常勸說契靈們不要節省，不需要為他省錢，契靈們總是樂呵呵地答應，一轉身就又按照他們的想法行動，勸也勸不聽。

現在看著吃得肚皮圓滾、癱在椅子上動彈不得的契靈們，葉麒麟感到好笑又心酸。

他乾咳一聲，清清喉嚨也提醒職員們注意。

「我的朋友商陸你們應該都認識，前北區巡夜人隊長，同時也是商榮集團的大老闆。他的研究所最近研發出淨化藥劑和能量果凍機，過幾天會送一批來給心緣試用，讓我們鼓掌感謝商老闆！」

預期中的掌聲沒有響起，心緣的契靈們只抓住了「試用」這個重點。

「試用的意思是不用花錢？」

「他要送我們不用錢的藥劑跟果凍？真是大好人！」

「不會是被麒麟騙了吧？」

「這個人看起來很聰明，應該不會被騙……大概？」

「哎呀！麒麟騙的人都是奸商，他怎麼可能會欺騙自己的朋友？」某契靈替葉麒麟打圓場。

「咳！咳！」葉麒麟重重地咳了兩聲，「說我壞話的契靈我都記住了！你們別想吃果凍了！」他故作威脅地恐嚇道。

現場沉寂了一瞬，而後大月熊忽然鼓掌。

「謝謝商先生送我們禮物！」

經他這麼一帶頭，其他契靈也紛紛鼓掌歡呼。

「謝謝大好人送我們東西！」

「謝謝商大好人！我們愛你！」

「謝謝大好人……這個是我做的作品，送給你！」

一隻赤毛白足的狐狸跑到商陸面前，將前些時日仿製的珠寶盒送給他。

「啊！嬌嬌好狡猾，竟然搶先了！」

「我也有禮物要送大好人！」

他們在匠坊創作的作品一般都是要上交園區，擺在商店區進行販賣，但是如果做出自己特別喜歡的作品，他們也可以選擇自己收藏，園區並不會強制要求他們一定要繳交。

眨眼間，商陸面前就堆了一堆精緻好看的工藝品，有木藝也有金工，還有漂亮靈動的刺繡跟可口的烘焙點心。

——工坊與工坊之間的距離並不遠，缺乏靈感時，契靈們就會互相串門子、聊天找靈感，剛才的能量糖果和果凍的聚會，他們便發訊息找來其他夥伴一起吃，周圍工坊的契靈來了不少，當然也連帶地送了禮物。

在眾人說說笑笑中，時間飛快流逝，一下子就到了中午。

企鵝阿木做出一個相當精緻的機關盒，外形是長方形，四個盒面都有細緻的圖樣，層層疊疊地展開後，會變成一個立體的齒輪小水車。

工藝精湛、創意絕妙！

考官們相當欣賞這件作品，評級卻在中級和高級之間猶豫。

認為應該評定中級的人，是出於謹慎考量，因為企鵝阿木只創作了一件作品，其中使用的技藝確實高超，但並不能就此認為他的技術水準就全部都是同一等級，還需要再多做幾件作品觀察看看。

而覺得企鵝阿木應該是高級的人則是對此嗤之以鼻。他們認為，企鵝阿木雖然只做出一件作品，但是他已經將高級木匠的技藝都展現出來，不能只因為他只做出一件作品就壓了人家的成績。

公說公有理，婆說婆有理。

一番爭論後，葉麒麟決定，先給企鵝阿木定為中級，考察三個月，三個月後再做一次評級判定。

對於這樣的決定，企鵝阿木和其他人都同意了。

當天下午，企鵝阿木就開開心心地入職心緣契靈文創園區。

03

「大白、花寶，我手上有兩份工作邀請，不知道該去哪裡好，想找你們參考意見。」

忙完淨化藥劑和果凍機的事情，商陸讓自己放了幾天假後，終於決定處理手頭上的工作邀約了。

以他擁有的身家財產，就算他都不工作，也能一輩子衣食無缺，只是商陸不是鹹魚的性格，讓他在家裡休息一段時間還行，休息久了就開始覺得不舒服了。

商陸好歹也是前任北區巡夜人隊長，各項實力相當不錯，工作邀約自然也不少，一番刪刪減減後，商陸留下兩份最心動的。

「一份是我的母校『北安契靈師大學』的邀約，去學校當戰鬥系的指導老師。」

商陸的老師就是北安契靈師大學的戰鬥學院老師，當時十八歲就加入巡夜人隊伍的他，在老師的要求下，在北安契靈師大學插班上課，遇到巡夜人任務多的時候，就進行遠程網路課程學習，斷斷續續地將學業完成了。

商陸在學校跟巡夜人團隊兩頭跑，對於學校時期的印象就是「忙忙忙」，跟同學的交際往來並不多。

幸好他的老師注意到這樣的情況，特地讓他的幾名弟子照顧商陸，跟他分享上課筆記和考試前的重點提醒，商陸也投桃報李地分享部分能夠公開的第一線資料，在一來一往的情況下，商陸還是跟他的師兄們交上了朋友。

現在向他提出邀約的，就是他的二師兄「沈明陽」，學校新上任的戰鬥學院院長。

「另一個邀約是契靈師公會的新生營教官。」商陸的指尖點了點藍底白邊的邀請函。

「咪嗚？那江海呢？江海不是說要你去當他的隊員？」花寶歪著腦袋，滿是不解。

她記得之前商陸說，江海想要邀請他去他的團隊，他正在考慮。

「江海他那邊有點問題，現在不適合過去。」商陸面露無奈，卻也沒有太過失望。

上次江海跟他聯繫時，特地跟他透露，因為高層內鬥的關係，他們甚至聯合了政方和軍方勢力，想要藉由他們的權勢替自己爭取更多利益！

只是那些高層沒有想到，這些暫時合作的外人欲望更大，他們想要插手巡夜人，瓜分巡夜人的權勢，讓巡夜人為他們所用！

現在巡夜人高層被鬧得烏煙瘴氣，每天都有各種不同的八卦傳出。

江海身為南區隊長，還是之前大戰的主力，自然也是被拉攏的目標，他每天都被那些人鬧得頭疼。

考慮過後，江海決定還是放棄邀約，不要讓商陸陷入這團泥濘中——就算要讓商陸加入，也要等到一切事情都平定之後。

所以他主動跟商陸說明了情況，也讓商陸得以篩選掉一些不懷好意的邀約。

商陸不想讓單純的花寶和大白狼知道這些黑暗面，只是簡單幾句帶過。

巡夜人的變動，花寶並不清楚。

她雖然可以從《契靈守護》遊戲中看到劇情，但是現在遊戲的主線才開放到第四章節，玩家們都只是剛入職的新人，根本接觸不到更高層的資訊。

再者，遊戲是遊戲，現實是現實，兩者也不能一概而論。

「學校就在心緣附近，你們要是在學校裡待得無聊了，也可以去心緣找朋友玩。

「新生營位於三連山，那裡有一座小秘境，位置比較偏遠，出入也有管制，進去以後就只能待在新生營裡……」

商陸將兩處地方的優劣勢都說明一遍。

「你們覺得哪個好？」

不管是選擇哪一個，商陸任職後都是要將花寶跟大白帶過去一起生活的，所以他想要知道他們的想法。

「嗷嗚，我都可以。」大白狼對這些不感興趣，「你去哪裡我就去哪裡。」

「唔……」花寶歪著腦袋想了想，最後選擇了學校。

學校在《契靈守護》遊戲中有出現過，是遊戲任務的主要場景之一，她覺得有熟悉感，所以選了北安契靈師大學。

「花寶喜歡學校嗎？好。」商陸摸了摸花寶的腦袋，沒有多問原因。

回覆學校的邀約後，商陸帶著花寶和大白忙碌起來，準備搬家了。

學校離商陸現在的住處有段距離，上下班不方便，財大氣粗的商陸便在學校附近買了棟新房，作為往後的住處。

新家是獨棟帶院的兩層式樓房，樓房當然沒有他們居住的豪宅大，但是它周圍的環境很不錯。

同一區域的左鄰右舍大多是學校的教職員工和契靈師，新家後方有一座供人和契靈玩耍的大公園，前方約莫五百公尺遠的位置是北安契靈師大學，右邊有契靈醫院、契靈培訓館、契靈俱樂部、契靈遊樂場以及販賣契靈相關物品的契靈商業區，左邊是幼兒園、小學和如同體育館般遼闊的複合型超市，生活機能相當便利。

「學校還有我們住的地方附近有很多契靈，花寶可以認識很多新朋友。」商陸溫和地對花寶說道。

以往商陸沒時間陪他們的時候，大白狼會去後山玩耍，花寶卻只能待在家裡看教學影片、玩遊戲，孤伶伶的，一個玩伴都沒有。

花寶相當乖巧，並沒有因此抱怨，讓商陸對她感到很愧疚。

花寶不清楚商陸的想法，而且她也不覺得自己孤單。

花寶可忙著呢！

她現在已經學習到小學課程了，學習以外的時間要練習技能等級、看動畫、跟動漫論壇的哥哥、姊姊們聊天、要玩《契靈守護》遊戲，還要跟莉莉、朵朵、幻影蝶、樹人、大黑虎、企鵝阿木以及心緣的新朋友打電話聊天……

花寶可是很忙、很忙的！

04

在北安契靈師大學開學前一星期，商陸完成了搬家和去學校就職報到兩件事。

這段期間裡，淨化藥劑也上市了。

上市的淨化藥劑分為兩種，一種是針對被魔氣侵蝕患者的強效淨化藥劑，另一種是供應給一般民眾當成營養補給品和精神紓壓的滋補藥劑。

兩種藥劑上市後，在市場上造成極大的轟動。

淨化藥劑的銷售一如預期，成為被魔氣侵染的病患的救命良藥，而滋補藥劑則是出乎預料地在失眠族群中廣受歡迎。

據那些失眠患者反饋，晚上喝了藥劑後，他們十分鐘內就能入睡，而且睡醒後神采奕奕，整個人的精神、氣色、活力和肌膚狀態極佳，就像是睡了一個高品質的美容覺一樣！

現代人壓力大，失眠是常態，滋補藥劑的出現無疑解救了他們。

在確定藥劑有效後，民眾們一陣轟搶，供不應求，讓商榮集團的名聲和股票上漲不少。

不過這些都跟商陸無關。

他現在正忙著準備授課的教案，準備迎接他的第一批學生。

由於商陸是初次執教，所以學校就只先讓他帶一個班級外加一個月三堂的公開戰鬥課練練手，等到以後熟練了，他負責的數量就會慢慢增加。

戰鬥系一個年級有十個班級，一班有二十名學生。

每班的學生看似人數少，但是如果加上學生們契約的契靈，班級人數就會往上翻倍，粗略估算將近百名，算是相當龐大的數額。

商陸以往管理過上千人的團隊，這點人數對他而言不算困難。

讓他頭疼的是，他以前管理的隊員雖然也有新人，但那些「新人」都是經過一段時間的訓練才能加入團隊，紀律、戰鬥技術都有一定的水準。

而大一新生雖然也有軍訓課程，可是學校的軍訓課能跟巡夜人的新生營比較嗎？

新生營的訓練為期三個月，大學軍訓卻只有兩星期。

新生營會讓新人進入秘境體會真實的戰鬥，大學軍訓就只有鍛鍊基礎，學習基本的人和契靈協同作戰。

商陸不怕遇上不聽管教的刺頭學生，他就怕自己沒有把握好教學程度，把學生給練趴下了。

商陸原本沒有這樣的顧慮，是他的二師兄沈明陽特地打電話來叮囑他，說是教育部前天下發一個文件，要大學戰鬥系教師修改課程，不要再像以前那樣，練不死就拚命練。

文件上又說，現在大戰已經結束，以前讓學生上戰場是迫不得已，現在應該讓孩子們回歸孩子的生活了。

商陸贊同教育局的想法。

以前迫於前線戰事危急，所有契靈師都背負著保護家園的責任，年滿十八歲的契靈師被當成成年人看待，唯有高中以下的契靈師才能活得鬆快一些。

他們那麼拚命是為了什麼？

不就是想要讓後代、親友能過上平安快樂的生活，不再戰戰兢兢、恐懼不安地過日子嗎？

只是這樣一來，他原定的課程便要修改了。

商陸原本擬定的教案是將大學的課程和巡夜人新生營的訓練結合，刪刪減減、添添加加後出現的版本，因為課程目標是新生，所以他刪減了其中兩成高難度的訓練。

只是現在教育局的「減壓」文件一出，他先前上交的教案就被學校退回。退回的教案上劃滿了紅線和各種註記，二師兄要他再減除一半的難度，並且希望他可以為教案做些變化，讓課程變得更加「有趣」。

這可難倒商陸了。

他出生於魔物肆虐的「亂世」末端，從小就為了復仇而刻苦學習，入了巡夜人團隊後，任務和訓練更是多得驚人，每天都是忙到精疲力竭，一上床就睡著，根本就沒有玩樂的經驗。

商陸為此很傷腦筋，教案改了又改，後來還是二師兄建議他，用他十幾歲時的訓練方式去寫。

「十幾歲的訓練？會不會太輕鬆了？」商陸相當驚愕。

「我親愛的小師弟，他們可不是你。」沈明陽調侃地笑道：「大學的教學也沒有巡夜人那麼嚴苛。」

商陸是被當成巡夜人精英培訓的，訓練刻苦，學習負擔重，巡夜人總局像是恨不得他們只需要訓練幾天就能上戰場，一股腦地加壓加壓再加壓。

完全不怕揠苗助長！

大學的契靈師培訓可不是這樣，他們對這些鮮嫩的小樹苗可是相當呵護的！

「除了家裡有契靈師的長輩之外，大多數學生都是在高二、高三時才能跟契靈結契，一、兩年的時間也只夠他們熟悉彼此、鍛鍊基礎……」

除了少數情況之外，一般民眾需要年滿十七歲才能跟契靈結契，這是契靈師協會的規定。

跟契靈締結契約並不是毫無危險，要是契靈師本身的精神力強度不夠，就會承受不住契靈的精神力量，造成精神損傷。

經過研究，契靈師協會發現，在沒有經過冥想鍛鍊的情況下，一般人需要到十七、十八歲時，精神力量才足以讓契靈師與一隻契靈締結契約。

這才定下「需要年滿十七歲，並經過精神資質檢查合格，才能與契靈締結契約」的規定。

至於為什麼不讓民眾從小進行冥想，好讓孩子們提前與契靈締結契約？

這是因為剛開始學習冥想時，需要有人在旁輔導和看顧，不能隨便冥想，不然很有可能會「走火入魔」，導致精神受創。

可是當時正處於戰爭狀態，哪有多餘的人力來做這件事？

也只有少數被選出來的優秀人才，才會被當成精英培養，提前接觸相關訓練。

——例如巡夜人的新生營；例如商陸和江海。

再者，契靈並不便宜，從十幾萬到幾百萬的價格都有。

而想要成為契靈師，並不是存了十幾萬買下一隻契靈即可，他還需要購買各種有益契靈的能量補給品、協助成長和鍛鍊的道具，以及各種養育契靈的知識。

知識有價。

基礎的培養學校老師會教導，可是想要更進一步地培育，那就需要花錢請專業的培育師幫忙規劃，或是花費積分從契靈師協會、契靈研究所、契靈培育院等處購買相關資料。

曾經有人統計過，要將一隻契靈從初級培養到高級，花費的資源至少要上千萬，比養孩子還昂貴！

一般家庭想要給孩子買一隻契靈，都需要存款一段時間才行。

許多契靈師都是在二十歲左右才能得到自己的第一隻契靈，既然如此，契靈師協會也不想揠苗助長，讓孩子提前學這個、學那個，累積一堆壓力。

只需要等個幾年，孩子的精神力自然充足，經濟沒有負擔，心智也隨著經歷而成熟，一切水到渠成，這樣不是更好嗎？

「大學是年輕人進入社會的過渡橋樑，是契靈師學生成為職業者的中間地帶，你只要將學生當成『只有接受過基礎訓練的新人』對待就行了。」沈明陽語氣輕鬆地說道。

「新人啊……」商陸想著曾經接觸過的新人隊員。

「要是你沒有方向，就拿你十四、五歲時的訓練課程當作教案吧！」沈明陽給出了一個明確標準。

「十四、五歲？這不會太……」

「小師弟，時代變了。」

「……」商陸無言了。

從他退役到養傷到傷癒現在也不過才三年多、不到四年的時間，時代再怎麼變化也沒變得這麼快吧？

他都覺得自己跟不上時代了！

「大戰結束了，很多家長都不希望自己的孩子當巡夜人，他們覺得太危險了，這兩年戰鬥學院的優秀新生減少很多……」沈明陽大吐苦水。

以前大家那麼踴躍當契靈師，是因為這個職業收入高，還可以獲得力量自保，現在危機已經沒了，家長的心態也轉變了。

大戰結束了，危險減少了，家長們就不想讓自家孩子冒險了。

想要成為契靈師？

可以。

但是不能夠選擇危險的戰鬥學院！

如果只是想要成為契靈師，也可以選擇培育學院、契靈美容學院、契靈醫療學院等學院，並不是非要戰鬥學院不可。

「不只是我們學校的戰鬥學院招生減少，其他學校也差不多減了一、兩成，還有念了一年就中途轉系、轉學院的。」

「為了留住學生，校長讓我改一改教學課程，弄一些有趣的教學，讓學生們感興趣，但是又不能太過簡單，免得學生進入社會以後卻發現沒有戰鬥能力，連秘境都去不了！」

戰鬥學院的學生，在戰鬥方面絕對不能遜色！

「……我知道了。」

二師兄是上司，以前也擔任過幾年的戰鬥系老師，按照他說的去做不會有錯。

商陸看著文件，苦思著他覺得學生會感興趣的課程。

第六章

戰鬥課老師初體驗

01

這天，一年七班的學生們興奮又好奇地等著戰鬥課老師到來。

「為什麼大家這麼激動？」不明情況的同學問道。

「你沒看課表嗎？這堂課的老師是商隊啊！」

「商隊？誰啊？」

「不會吧？你不知道商隊是誰？」

「外地學生？」

「對，我是雲羅城人。」

「難怪你不知道。商隊就是前北區巡夜人團隊的隊長，商陸！」

「之前深淵大戰的時候，他跟江隊是戰鬥主力，兩人聯手擊殺了深淵首領和多隻精英……」

「商隊曾經救過我妹妹。」

「我跟我家人也是被商隊救的！」

「之前商隊身受重傷還被魔氣感染，我們都很擔心他，還好商隊痊癒了！」

「我奶奶說，商隊是大好人，上天會保護好人的！」

「商隊治好自己的魔氣，還研究出淨化魔氣的藥劑救了好多人，真的好厲害！」

「可以淨化魔氣的藥劑？哪裡有賣？我哥之前上前線打仗，被魔氣侵蝕了！」來自雲羅城的學生急迫地詢問。

「前幾天我在藥局有看到，一瓶兩萬八，提交軍、警、戰士的證明還有打折，比醫院的治療便宜多了！」

「對啊！醫院的治療費用昂貴，又只能壓制魔氣，淨化藥劑喝幾個療程就能治好了！」

「是只有這裡有，還是所有的藥局都有？」雲羅城學生確認地詢問。

「這個我也不清楚。」

「這個我知道！我聽說因為淨化藥劑產量不是很充足，所以是我們這裡跟周圍的城市先供應，不是所有地方都有。」

「學校裡也有賣！」另一名學生插嘴說道：「我媽在後勤部門工作，她說商隊有提供一批藥劑放在學校販售，價格比外面賣得便宜很多……」

「太好了！我下課就去買！」雲羅城學生鬆了口氣地笑開。

「買的時候要注意，淨化藥劑有兩種，一種是針對魔氣的強效淨化藥劑，一種是針對普通人紓解壓力、調養身體的。淨化藥劑的包裝是綠色，滋養藥劑的包裝是白綠相間，兩種藥劑的價格不一樣。」

「對了！你哥有參與深淵大戰，只要提交相關證明，像是戰士編號、證件之類，還會附贈免費的藥劑喔！」

「如果沒錢怎麼辦？」旁人插嘴詢問。

雖然淨化藥劑的費用已經相對便宜，但是醫院的治療貴啊！

感染魔氣的人，都會去醫院進行治療，一段時間下來，即使原先有點積蓄也會花光。

對於這名學生的問題，講台上傳來了答覆聲。

「商榮集團有針對貧困戶推出的補助計畫。」

學生們轉頭一瞧，這才發現講台上站了一位英俊挺拔的青年，他的身邊跟著一隻巨大的白狼，白狼站立的時候，腦袋的位置差不多到青年的肩膀處。

身著淺灰色休閒西裝的商陸，看著自己未來的學生，微笑著說道：「沒錢購買藥劑的人，可以請當地戶政機構或是社福機構開立貧困戶證明，先領取藥劑醫治身體，等身體好了再分期償還……」

免費是不可能免費的。

並不是在意這點錢，而是不希望有人認為「我窮我就該受到補助」、「天下有白吃的午餐」。

商陸並沒有認為貧困人家的品性不好，他以往遇到的貧困戶大多有底線、有自己的堅持，但是有些混子會偽裝成貧困戶騙補助，有些黑心的人甚至會搶劫家中傷患的藥劑，轉賣後用那筆錢飲酒作樂！

所以遇見貧困戶需要藥劑時，現場的服務人員都會進行登記，並請對方當場喝下，不得將藥劑帶回家。

要是遇見胡攪難纏的人，就直接劃歸為黑名單。

即使他們引導輿論，往商榮集團身上潑黑水也不怕，商陸曾經對外公開說過：慈善並不是任人予取予求！

商榮集團不會聽從那些人的道德綁架，那些污衊抹黑的人，商榮集團永遠不會原諒，會請律師團隊追究到底！

在律師團送走幾批造謠抹黑的人，並將他們列入集團的黑名單後，那些人也怕了，不敢再針對商榮集團鬧事。

「商隊，如果不是契靈師，只是普通人，沒上過前線，家裡不富裕，但也還不到貧困戶的程度……他們這樣的，有補助嗎？」另一名同學提問。

在深淵大戰鄰近結束時，深淵魔物來了個大爆發，衝破了前線、闖入後方的城市，造成許多普通人罹難，也讓不少民眾感染了魔氣。

「針對沒有能力購買藥劑的民眾，商榮集團有相關的貸款專案，可以請他們到官網查看或是打客服電話諮詢。」

「商隊，那這藥劑只有我們這裡有賣嗎？」

「除了泰安之外，日暉、天都、紅港城也有販售。因為製作淨化藥劑的原材料少、培養不易，目前產量不足，所以供應的實體店舖不多，現在已經在想辦法擴大種植了……」

「另外，商榮集團在本校也設置了校園分店，專門販售商榮集團旗下的各項商品，憑學生證購買可以打八折，要是期考成績好，也有相對應的優惠活動。」

「喔喔喔喔！太棒了！」

「老師，我愛你！」

學生們驚喜地歡呼，掌聲雷動，還有人直接站起來向商陸比心。

要是光聽聲音，肯定會以為這裡是演唱會或是表演活動現場。

也難怪學生們會這麼高興，因為商榮集團的商品信譽相當好，尤其是契靈相關產品，簡直是契靈商品界的高級品牌！

商榮集團旗下產業眾多，餐飲、生鮮超市、藥品、契靈相關商品等等，在商陸接手集團後，以契靈產品為推廣主力，投入大筆資金進行研發，時至今日，商榮集團的契靈相關產品已經占據了大半市場。

曾經有調查顯示，採訪的一千名契靈師中，就有六十三人買過商榮集團生產的契靈商品，而沒有購買的人之中，有一部分的人是因為經濟問題，捨不得購買商榮集團的商品。

畢竟就算商榮集團的商品價格已經偏低，但是一分錢一分貨，在要求品質的情況下，價格再降也降不到哪裡去。

而且商榮集團雖然經常有促銷、特惠活動，但是活動大多採用贈送贈品的方式進行，價格頂多降到九折，很少有大折扣出現。

現在學生們能以八折這麼優惠的價格購買相關產品，自然是非常激動了。

「商隊我愛你！」

商陸笑了笑，調侃道：「我現在已經不是隊長了，喊我『商老師』就行了。」

打趣笑鬧過後，課堂也隨之進入主題。

「上課之前，我先做個自我介紹，我叫做商陸，這是我的契靈，大白和花寶。」

「欸？有兩隻嗎？」

「現在才注意到商老師的肩膀上有一隻契靈！」

「花寶好小、好可愛啊！」

因為大白狼的身形龐大，學生們第一眼就被他吸引，反而忽略了體型嬌小的花寶。

「大白是戰鬥型契靈，陪我征戰過很多任務；花寶是治療系契靈，我們是在秘境中遇見的……」

「這是我的電子信箱，以及一年七班的班級群群號。」商陸在黑板上寫下兩行字，「你們記一下，有事情可以透過這兩種方式聯繫我，要是我有事情要通知你們，也會發在班級群裡……」

等到學生們將黑板上的文字抄下後，商陸又讓學生們按照學號，一個個進行自我介紹。

「我叫做錢多寶，家人跟朋友都叫我『阿寶』，我的契靈是呱呱跟牛魔王，呱呱是水土雙系輔佐型蛙類契靈，可以為團隊加護盾，製造霧氣遮蔽視線，還有泡泡炸彈可以干擾敵人；牛魔王是土系戰鬥型契靈，絕招是蠻牛衝擊……」

「我叫做米可甜，契靈是草系的蓮卷姑娘，招式是藤鞭、飛刺和草場控制……」

「大家好，我叫做林智遠，我的契靈是風系的戰鬥黑狼，招式是風刃、暴風、撕咬……」

「我叫做葉金澤，我的契靈是虎貓……」

全班同學介紹過一輪後，第一堂課的時間也差不多接近尾聲。

「現在離下課還有十八分鐘，我們提前下課，下堂課也提前上課，大家直接到訓練中心，我想看你們跟契靈的協同戰鬥，了解你們的實力。」

戰鬥課程是連著兩堂一起上的，而訓練中心離教室有段距離，走路過去約莫要十分鐘，提前讓學生們下課去處理私事，像是購買藥劑、買零食飲料或是上廁所，也能避開下課時間的人潮擁擠。

02

訓練中心是戰鬥系經常使用的教學場所之一，但它並不是戰鬥系專屬，校內所有學生都可以來這裡進行訓練和戰鬥。

訓練中心大致可以劃分成三部分，一是進行基礎訓練的鍛鍊區，二是可以跟兇獸進行戰鬥的實戰區，三是學生們相互進行戰鬥交流的對戰區。

為了學生們的安全，訓練中心還設有醫療站，一旦出事便可以就近治療。

「先進行跟兇獸一對一的戰鬥，之後再讓你們互相對戰。按照學號順序，五個人為一組，一起進入對戰室，其他人待在觀戰室觀看戰鬥。」

商陸向同學們說出他的安排。

「為了安全起見，我也會跟你們一起進入對戰室，但是只有情況危急的時候我才會出手……」

商陸說完規則後，刻意停頓兩秒，確定學生都聽明白了，這才又繼續往下說。

「有人知道，兇獸是什麼嗎？」

這個問題對學生來說很簡單，屬於小學生都知道的知識，根本就是送分題。

為了留給商隊一個好印象，學生們踴躍地作答。

「兇獸跟幻靈都是出自秘境，兇獸如同其名，是具有兇性的野獸。」

「兇獸沒什麼智慧，性格暴躁、兇狠，而且葷素不忌，人、動物、幻靈甚至是礦物都是牠們的食物！」

「兇獸跟幻靈一樣，都具有特殊能力，一些不具有戰鬥天賦的幻靈種族甚至打不過兇獸。」

「幻靈跟兇獸的關係是敵對的，兇獸會狩獵幻靈，侵占幻靈的地盤。」

「兇獸的戰鬥力不比幻靈差，而且族群繁衍速度快，消耗的資源也多。一旦秘境裡的空間和資源都被兇獸占據了，兇獸就會開始往人類世界侵襲。」

也因此，人類和幻靈族群展開行動，削減秘境中的兇獸，讓牠們不會繁衍得太過厲害。

兇獸對幻靈沒什麼作用，在人類世界卻很受歡迎。

兇獸肉營養價值高，蘊含能量，加上牠們生存的環境極好，食物也都是具有能量的物種。

兇獸肉的污穢少、雜質少，肉質比人類世界畜養的牲畜還要鮮美，長期食用還有常保青春、延年益壽、調整體質、治癒都市人常見的亞健康狀態的作用。

也因為這樣，在秘境氾濫成災的兇獸，到了人類社會就成了供不應求的高價食材，許多高級廚師和富豪都會選購兇獸食材食用，還有人會專門聘僱契靈師進入秘境捕捉兇獸。

在人類大肆捕殺之下，氾濫成災的兇獸群很快就變得稀少，有些甚至達到瀕危等級！

幸好為了滿足供應需求，人類在捕抓的同時還在秘境中開闢出畜牧場，專門養殖這些兇獸，不然這些兇獸恐怕就要被人類吃光了！

幻靈們雖然厭惡兇獸，但是兇獸的存在也關係到秘境的生態平衡，所以在人類和幻靈的雙雙控制下，秘境的兇獸數量始終維持在適中水準。

為此，政府和契靈師協會甚至制定出相關的秘境法規，對於秘境中的狩獵都有嚴格規矩要遵守。

——以上指的是出入口恆定的秘境，如果是那種只出現一段時間就關閉或消失的臨時秘境，便不用遵循這樣的法律規範。

順帶一提，北安契靈師大學的學生餐廳，一部分的肉類食材就是學生們在訓練中心擊殺的兇獸肉。

學生們只要聽說有戰鬥系的學生在訓練中心進行實戰訓練，就知道餐廳當天或是隔天會有兇獸肉餐點登場，一個個盤算好時間，準備搶購！

「學弟，這迅風兔你要打牠的頭部，保證一擊必殺！」

聞訊前來觀戰室圍觀的醫療站大四學長指點道。

「等等，為什麼要打腦袋？」同樣來醫療站實習的學姐提出反對，「麻辣兔頭那麼好吃！攻擊腦袋就沒兔頭了！砍脖子比較好啦！」

「他們是新生，不一定能追上兔子的速度，要是脖子砍偏了，兔頭、兔肉都沒了！」學長提出他的理由。

這迅風兔的體型雖然比一般兔子大，但是攻擊要是打偏了，整隻兔子可能被轟掉一半，或是內臟破裂，導致整隻兔肉都不能吃。

為了保留最多兔肉，自然要想一個可以讓新生俐落擊殺，又不會損傷食材的好方式。

新生們聽著學長姐們的指點，一開始還迷迷茫茫，不懂為什麼有這麼多的注意事項，後來才知道，原來他們在這裡擊殺的兇獸會變成餐桌上的食物，而且並不是殺死兇獸就能當食材，絕大多數的兇獸內臟具有苦味和微量毒素，要是內臟破裂，臟液滲入肉裡，肉就會染上一股苦澀味，完全不能食用！

另外，毒系兇獸的體內有毒囊，要是不小心打破毒囊，肉也會跟著帶毒，同樣也不能吃。

保存食材的最好方式就是直接砍下腦袋或是攻擊弱點，一招就殺死兇獸。

一些不知道兇獸行情價格的學生，依舊滿臉困惑，不明白為什麼學長姐們這麼重視兇獸肉？

就算他們沒有殺好，導致學生餐廳沒有兇獸肉食材，餐廳也有賣別的肉類啊，吃那些不行嗎？

「學弟，你知道學校的餐廳一份兇獸肉賣多少嗎？」學長笑嘻嘻地問。

雖然是第一天上課，不過新生們都是提前幾天來學校報到，也有在學生餐廳吃過飯，價格還是大約清楚的。

「昨天中午的炒肉，一盤是五十元，兇獸肉一盤兩百。」

因為價差四倍，所以新生記得很清楚。

當時他還跟朋友吐槽過，說就算兇獸肉好吃，也不至於貴成這樣啊！

「那你知道，在外面的餐廳，一盤兇獸肉要多少錢嗎？」

「不知道。」

「一盤兩千起跳，而且分量只有學校餐廳的一半。」

「……好貴！」

「研究顯示，長期食用兇獸肉或是秘境、幻靈出產的食材，可以增加契靈師與幻靈的資質，進階成功的機率更大。」學姐推了推眼鏡，很有學者氣質地說道：「所謂的長期食用，是指一星期吃三次以上兇獸肉，而且一星期累積的兇獸肉分量不得少於一公斤。」

一公斤的肉多嗎？其實不多。

正值發育期的青少年，一餐就可以吃掉這樣的分量。

但是要每星期吃一公斤兇獸肉，而且還要長期積累，這就有難度了。

除非是像北安契靈師大學這樣，每星期都有供應兇獸肉，而且價格便宜，不然一般人還真是吃不起！

「你以為我們是捨不得這些兇獸肉嗎？」另一位學長表情頗不以為然地說道：「我們這是在教你們！」

教？

新生們滿臉疑惑。

03

「你們戰鬥系畢業後，出路不外乎是巡夜人、軍部、民間企業以及自己當老闆，成為賞金獵人接任務賺錢……

「前面幾種就不提了，我們就來說說賞金獵人，這也是目前最多畢業生從事的職業。」

學姐推了推眼鏡，有條有理地說出她對賞金獵人的了解。

「賞金獵人進入一趟秘境，事前的裝備物資一定要準備充足，雖然秘境裡頭也有補給點販售這些，但是秘境裡的物資價格是外面的三倍到十幾倍！不想當冤大頭的就記得準備妥當，別進去才發現這個沒帶、那個也忘了……

「裝備、武器、醫療用品、食物、野外生存需要的各項物資，雜七雜八的加起來，價格差不多是三、四十萬到一、兩百萬之間。」

「為什麼會有這麼大的價格差距?」

「花費一、兩百萬的,都是買全新的、高品質的名牌產品。」名牌貨嘛!品質有保證之餘,還要加上名牌本身的價值費。

同樣品質、同一間工廠生產的產品,有牌子跟沒牌子的價差就差了將近一倍!

「只花三、四十萬的,都是跟學長姐或是熟人買二手裝備,最昂貴的裝備花費省下來,自然就花得少了。

「裝備物資有了,接下來就要前往秘境了。飛機票、車錢這些交通費,我們就抓個中間值,算一萬元吧!

「按照秘境的等級不同,門票費從一萬到十萬都有,我們就用最便宜的一萬來說。

「瞧!還沒進入秘境呢!你們就花了這麼多錢了。」

學姐兩手一攤,表情無奈。

「花了這麼多錢才進入秘境,當然要在秘境裡頭賺回本,於是你們在裡頭待了一個月,拚命地打獵,裝了滿滿的獵物出來,結果等到要販賣時,卻發現自己辛辛苦苦獵的獵物都沒有人要,要不就是價格被壓得很低,你們知道為什麼嗎?」

「為什麼?」新生們很給面子地接話。

「因為你們把獵物打糊了！有價值的皮毛、肉、骨血都沒有保留下來！」學姐恨鐵不成鋼地道。

「迅風兔的皮毛，完整的可以賣出三、四千。有些許損傷的，價格折半。破洞太大，不好意思，不收，自己拿回家當抹布！

「迅風兔的肉，新鮮的，一斤能賣八、九百塊，內臟破損、毒囊污染到血肉了，不好意思，這東西是垃圾，送給飼料場做飼料，人家還嫌棄！

「等等，學姐，妳剛才不是說，外面餐廳賣的爆炒兔肉，一盤要兩千元？怎麼又說兔肉的收購價只有八百？」

「中間的價差當然是中間商賺了啊！」學姐回得理所當然，「秘境中獲得的食材，基本有三個販賣通路，官方收購、民間商人收購，以及自己擺攤販賣。

「自己販賣需要有相關的許可證，不然會被罰錢甚至是坐牢。官方跟中間商的收購價格都差不多，不，應該說，中間商都是先確認官方的收購價，再去調整自己的價格。

「不管是官方或中間商，他們都是要賺錢的，八百元收購，轉手賣出的價格可能是一千，餐廳花了一千買肉，經過烹調，再賣給用餐的客人，當然也就更貴了。」

「那也貴太多了……」新生嘀咕道。

「那我們可以直接拿去賣給餐廳嗎？」

「一般餐廳都會有自己的採購管道，他們不會去買來歷不明的食材。」

食材來源要是出了問題，吃出了人命，不只會毀了餐廳的名聲，餐廳老闆還會被罰錢、被抓去吃牢飯！

「怎麼是來歷不明……」新生皺著眉頭想要反駁。

「兇獸肉可以造假，相關的新聞每年都有報導。」學姐打斷他們的話，「一些不良商人將遭受毒囊污染的兇獸肉用化學藥劑、漂白水處理，讓發黑的肉質變成正常的肉色，再將這些肉做成臘肉、香腸、肉鬆……害許多人吃了以後上吐下瀉，還毒死了人。」

因為類似的事件頻傳，官方在秘境食材這一塊的把關越來越嚴格，希望能消滅這些黑心商人。

然而，殺頭的生意有人作，賠錢的生意沒有人作。

兇獸肉的利潤實在是太高了，那些黑心奸商才不在乎法律，就算被抓到了，他也可以找律師為他辯護減刑，關個幾年再出來，身家財產就有幾千萬、上億元，誰願意放棄？

「如果是自己賣呢？」新生又問。

「自己賣，需要申請到販售許可證。每年學校都會替學生進行申請，還會開幾堂公開課幫忙複習、抓考試重點，你可以到學校的行政部門詢問。」

「考試？」

「對！申請販賣許可證需要考試，考試內容不難，有考題冊讓你們背，一萬條的題目抽取兩百條進行考試。通過考試後，再繳交五千元的費用，就可以拿到販賣許可證了。

「販賣肉類的時候，需要將該批肉類的檢驗證明張貼在攤位前面。

「注意！檢驗肉質的費用，一個種類是一千元，手續費跟列印證明文件要兩百元，所以你們最好鎖定一個族群狩獵，要是種類多、數量少，那就很不划算了。

「擺攤需要到官方指定的農貿市場、超市租賃攤位，按照規格大小和地點不同，一天的租金大概是七百元到兩千元不等……」

「好麻煩……」

聽了這堆流程順序，原本有些動心的新生想打退堂鼓了。

「契靈師這一行啊，說好賺是真好賺。」學姐感慨地說道：「厲害的賞金獵人去一趟秘境能賺上好幾百萬，但是那些都是行業裡『資深』、『優秀』的賞金獵人，一般人看不見的底下，那些底層的、剛入行的賞金獵人，大多數的收入只是比普通上班族多一些而已。

「很多沒經驗的新手，都以為只要殺死獵物帶出來賣就能賺錢，最後都虧得慘兮兮。

「還有一些眼高手低的，還沒摸透這個圈子就想當老闆的，很多都賠得傾家蕩產。

「這行業，水很深的！」學姐意味深長地說道。

「你們想要賺錢，就要知道買家想要的東西是什麼，什麼部位才有價值，行動之前多打聽打聽……

「其實像我們這種有學校作為靠山的契靈師，情況還是比較好的。學校有專屬的內部論壇供學生交流，每年也會邀請畢業的學長姐回來傳授自己的經驗，得到的都是第一、第二手資訊，比外面的契靈師要好多了。」

外面的契靈師可沒有門路打聽情報，也沒人會白白傳授經驗給他們，他們只能靠著花錢、託人打探得到些許資訊，有時候還會受騙上當，花了錢卻還買到假消息，被狠狠地坑一筆！

「這麼說或許有點太過利益，但是……」學姐認真地看著新生們，「大學時期，是你們可以獲得最多資源、人脈和歷練的時期，你們有學校當靠山、有老師們傳授知識和保護、有學長姐教授經驗……如果能夠好好把握這段時間，你們以後的前程肯定不錯。

「別以為四年很長，其實四年的時間眨眼就過。」學長也開口附和，「我現在都還記得我剛入學的情況，結果一眨眼，我明年就要畢業了。

「你們知道學校有任務欄吧？你們要是覺得自己的實力可以，可以去接任務賺錢和積分。

「不是所有任務都是打打殺殺的，我們學校有果園、畜牧場、農田、溫室、魚池、培育館等等，這些地方都很缺人手。

「學校的積分很重要。學生論壇裡頭有很多學長姐分享的文章，都是要用積分購買。」

新生們聽著學長姐的話，原本對未來的道路模模糊糊、對成為大學新生沒什麼感觸的他們，隱約有了感悟。

04

在學長姊指導新生時，這堂課也逐漸進入尾聲。

等所有新生都測試完畢後，商陸跟著最後一批學生來到觀戰室。

剛結束戰鬥的新生看起來有些狼狽，衣服破了幾個洞，不過身上不見傷口。

在他們結束戰鬥的同時，花寶便隨即為他們刷了治療，治癒人和契靈的傷處。

花寶的治療等級已經來到高級，升級成為範圍技，可以一次醫治多人，不用再一個個刷技能。

看著經歷過戰鬥，面容疲憊的新生們，花寶又刷出一個【精力泉源】。

這是她從禮包中獲得的新技能，使用之後，會出現一個發著淡藍色光芒的小型湧泉，無數的水藍色小水滴會從泉源中飛出，像氣泡一樣飄散開來，融入人和契靈的身體裡。

小水滴可以消除疲憊、恢復精神和力氣，就像是做了一場高效率的紓壓按摩。

【精力湧泉】的存在時間是十分鐘，時間到了就會自動消失。

「好棒的技能！我的肩頸痠痛都沒了！」

「我剛剛戰鬥得太用力，手臂抽筋了，現在都不痛了……」

「這種技能跟『彩球滾滾』的按摩技能有點類似。」

彩球滾滾是性格相當溫和的幻靈，他們的外型就像是啦啦隊表演用的彩球，有各式各樣的顏色，體型只有兩個成年人拳頭的大小，彩球滾滾最喜歡做的事情就是在生物身上滾來滾去，替生物們按摩紓壓。

許多按摩館、芳療館、spa館、美容院都會聘請或是養育彩球滾滾作為職員，替客人服務。

「商老師，我們是醫療站的醫護人員，我叫做于可麗、他是孟冬，我們是過來待命的。」學姐恭敬地對商陸解釋道。

「麻煩你們了，謝謝。」商陸微笑著道謝。

進行實戰訓練時，醫護人員要待在旁邊待命，當學生在戰鬥中受傷時，醫護人員要為他們進行治療，所以于可麗和孟冬才會來到這裡。

「我們都沒有派上用場，老師您的契靈太厲害了！」于可麗羨慕又喜愛地看著花寶。

他們知道商陸有治療型契靈，可以在上課時進行醫療協助，只是他們沒有想到，這隻可可愛愛的小契靈竟然可以撐起一個班級的治療量！完全不需要他們上場！

治療型契靈不少，但是他們的治療大多是一對一的，單獨醫治自家契靈師和自家契靈成員還可以，涉及到二、三十人的班級，那肯定應付不來。

畢竟治療是需要釋放能量的，即使準備了能量藥品補充，那也要給契靈消化和吸收的時間，不可能隨時隨地進行救援。

況且，契靈又不是機械，完全不會疲憊，他們也需要休息。

不，就算是機械，它也會有缺乏能源和使用過度當機的情況發生！

「我剛才聽見你們對新生的教導，就是殺兔子的訣竅那些……」

商陸面露遲疑地停頓一下，而後才委婉地問出疑惑。

「學生們的經濟情況有問題嗎？」

雖然商陸的少年時期過得不好，失去家人和敬愛的老師，但是在物質需求上可從來沒有虧待過。

即使他身為隊長的時期，也曾經因為經費問題，在後勤採購上「斤斤計較」，只是他的「節省」選項都是幾百萬起跳，從來沒有發生過「殺兔子要從脖子殺，保留兔頭、兔身和皮毛的完整性，才能賣出好價格」這麼接地氣的情況。

他手上有一份班上學生的簡歷，大半都是普通家庭出身，家境小康，少數是富二代，基本上都不缺錢。

商陸知道學生中肯定會有家境較差的，可是這些學生既然成了北安契靈師大學的學生，那麼就應該知道，資產雄厚、擁有一堆贊助商和傑出校友的北安契靈師大學，有各種補助款、獎勵金、各種比賽獎金、校內工讀和助學貸款可以申請，不可能讓學生上不起學。

商榮集團也是北安契靈師大學的大贊助商之一，每年光是提供給學生的各種獎勵金就高達千萬，而且這些並不包括學校事務方面的贊助！

「老師，養契靈很花錢，想要培養出最優秀的契靈，花的資源可以堆成山了！」

于可麗哭笑不得地看著這位「不食人間煙火」的大富豪。

「其實也不是完全因為錢，主要還是想要磨練自己。」

孟冬插嘴補充了個人成長的目標，讓目的性不顯得那麼市儈。

「當別人獵殺的兔子都是碎成肉泥、糊成一片，看起來完全沒有賣相，而我殺的兔子是一擊斬殺，頭身分離、乾乾淨淨，漂亮又美觀，那感覺就不一樣啊！」

新生們想像了一下那樣的場景，紛紛贊同地點頭。

「我懂了！」新生激動地拍手附和，「就像是打架，一個是跟對手打得氣喘吁吁、滿地打滾、非常狼狽地打贏對方，另一個是乾淨俐落地一刀就把對手解決了……後面這個就很帥、很有高手風範了。」

重點不在於強大，而是在於帥！

對年輕人來說，強是一時的，帥是一輩子！

「太厲害的技術我們短時間內辦不到，可是在基礎功上磨一磨，把細節做得更好一點，還是可以的。」

「許多人的成功，就是因為細節做得好。」商陸贊同地點頭，「你們現在正在打基礎，是磨細節的最好時機。」

「老師說得對！」于可麗點頭，「很多人都不重視基礎，一些細節上的錯誤得過且過，最後形成了壞習慣，那可就糟了！」

新生們乖乖點頭，將老師和學長姐的叮囑記在心底。

「現在距離下課還有三十分鐘左右，我們先去學生餐廳吃飯吧！我請你們。」商陸笑著說道。

「喔喔喔喔喔！老師請客！太棒了！」

「謝謝老師！」

新生們開心地歡呼。

其實他們並不缺吃一頓飯的錢，可是這頓飯是他們崇拜的商隊長請的客，而且這頓飯也是老師想要與他們親近的信號，這其中的意義就跟平常的飯食不同了。

「你們要是有空，也請一起來吧！」商陸對于可麗和孟冬說道。

「欸？這怎麼好意思呢？」于可麗和孟冬客氣地推辭。

「我約你們一起吃飯，也是想要多了解一些學生的需求。」商陸解釋道：「我畢竟是初次當老師，對於學生的需求並不了解，我希望可以教授學生們當前需要的知識……」

聽了商陸的解釋，于可麗和孟冬自然也就不再拒絕。

一場午餐眾人吃得賓主盡歡，而商陸也在于可麗他們的協助下，修改了他的教案。

第七章 ✸ 故人重逢

01

經濟問題永遠是生存的第一要件。

當契靈師是為了什麼？

對商陸他們這一代和更早以前的前輩們來說，成為契靈師就能夠對付入侵的怪物，有生存保障。

雖然這行業很危險，但是高風險、高報酬，就算他們死了，家人也能得到他們留下來的遺產和各種補助金，即使沒辦法讓家人好好地度過餘生，至少也有好幾年吃穿不愁。

而現在的處於和平時期的學生，更注重實際。

金錢、前途、名氣、實力等等，都是讓他們成為契靈師的原因之一。

去年曾有媒體針對年輕人發布一個名為「嚮往的職業」的投票，契靈師和明星分占第一名和第二名。

而這兩個職業的共通點就是，名氣響亮、收入高，而且看起來光鮮亮麗。

在商陸還是商隊的時代，契靈師跟娛樂圈是不搭邊的。

契靈師最常出現的媒體是新聞報導，再不然就是一些正規的紀錄片和訪談節目，頂多跟明星藝人傳傳花邊緋聞，並不會有人將契靈師和娛樂圈混為一談。

而現在，契靈師開始頻繁地出現在綜藝節目中，甚至還有人參演電視劇、電影，導致契靈師也開始明星化、娛樂化。

一些本身長得好看、契靈也漂亮的契靈師，甚至還有自己的粉絲團隊，堪稱是契靈師中的明星。

這一切，在商陸看來是難以想像的。

大戰過後，商陸總有一種時間被快轉的感覺，世界變化極快，人們在大戰後就立刻回歸和平生活，完全沒有中間的適應期，非常的不合理。

彷彿之前那些戰爭廝殺都是一場夢，夢醒了，大家就各歸各位、恢復日常生活。

雖然感覺奇怪，不過目前的變化都是往好的方面走，商陸也是樂見其成。

——如果花寶知道商陸的疑惑，肯定會跟他說：因為「遊戲」的開頭就是三年後呀！設定就是這樣子的呀！

只是商陸從沒說過他的困惑，自然也不能從花寶口中得到答案了。

商陸還從學生口中得知，在他們考上北安契靈師大學後，除了有企業上門招攬他們之外，還有經紀公司的人找上門，說是等他們以後畢業了，還可以兼職當明星。

經紀公司說，因為深淵大戰的關係，現在許多公司都想要投拍契靈師和大戰相關的影視劇，也有不少綜藝節目看上契靈師的關注度，設計了很多相關綜藝節目！

今年陸續播出的《契靈師與契靈的一日三餐》、《奔跑吧！契靈師！》、《契靈師營業中！》都是相當熱門的綜藝，電視收視率和網路點擊率都屬於同時段綜藝的前三名！

有了好的開頭，其他想要分一杯羹的人自然也紛紛跟進，據說目前已經立案的契靈師相關綜藝就高達上百部！

就連江海跟商陸通訊聊天時，也提到有節目組找上門，說想為他們拍攝半紀錄片形式的真人秀綜藝，主要拍攝內容就是他們的日常和工作情況，而那些巡夜人高層也不知道怎麼想的，竟然還真的想要同意！

拜託！就算現在大戰已經結束，他們背負的責任輕鬆許多，也不代表他們不忙碌啊！

巡夜人是另類的「警察」，所有契靈師和契靈犯的罪都由他們負責處理。

別看契靈師的人數比普通人少，契靈師可以說是一人成團！

一個契靈師帶著他養育的契靈，就能犯下團隊規模的罪責！契靈的破壞力堪比厲害的熱武器！

除了這些明顯的犯罪行為之外，契靈和野生幻靈鬧出的各種意外事故也是交由他們處理，小至野外的幻靈跟契靈打架、調皮的契靈夾在欄杆中逃脫不得，大至安撫和抓捕喜歡搞破壞的幻靈。

忙碌一天後，江海他們回到局裡還要為這些案件寫報告！

以一個案件一份報告的情況下，他們一天處理的案件，少則幾件、多則十幾件，每天都要花上半小時到幾小時的時間在寫報告上！

一般上班族的上班時間是朝九晚五，他們是朝八晚八！而且這還不算有緊急案件發生、幾天幾夜都沒辦法休息的情況！

在忙成這樣的情況下，上頭的人竟然還想塞綜藝節目進來？

是想要他們過勞死嗎？

別說什麼只是跟拍，不會妨礙他們工作，節目組的存在本身就是妨礙！

聽著江海的抱怨，商陸很慶幸自己已經離職，不需要遭受那群腦殘高層的折磨。

話說，以前的高層其實雖然有派系之分，但是智商也大多在線，怎麼一到了和平時期，他們就智力驟降了？

難道是因為沒有深淵怪物可以跟他們爭鬥，他們就自己鬥自己？

與人鬥，其樂無窮？

商陸聽了一堆嘮叨和訴苦後，從江海那裡獲得了當前秘境的一線情報。

其實商榮集團也有自己的情報部門，專門蒐集市場上的各種情報，讓集團高層可以了解現在市場的動靜，也讓各部門能抓住時機，生產最符合消費者需求的物品。

光是集團蒐集的粗淺情報就足夠讓商陸教導學生了，只是商陸為求慎重，還是拜託朋友和合作夥伴幫忙，請他們提供一些常識和第一線資訊。

因為商陸要的並不是什麼重要機密，而是常在秘境中活動的人都知曉的普通情報，那些人也想跟商陸結個善緣，保持良好關係，自然願意供應。

往後的授課日子，商陸便會在教學中穿插這些情報和秘境最新發生的消息，讓學生們對於秘境和契靈師界的變動有些了解。

幾名腦子動得快的學生，還將這些訊息匯總整理，上傳到校內的論壇換取積分。

一開始，新生們提供的情報並沒有受到重視，願意花積分閱讀的人相當少，後來還是有大三、大四的學長發現這些訊息準確性極高，有些資訊甚至是他們完全沒有聽說的，這才引發更多關注。

得知這些都是商陸的上課內容後，商陸的課堂上多出了許多旁聽生，各個年級都有。

商陸也不介意。

旁聽本來就是學校允許的事情，商陸以前也曾經因為任務跟上課的時間衝突，只能在閒暇時跑去其他班級旁聽。

只要旁聽生不會干擾班上學生的學習，他對於旁聽生都會一視同仁，還會請這些學長姐分享他們的經驗，並且在他們提出疑惑和困擾時給予指點，而那些旁聽的學長姐也會投桃報李，在課後時間指點學弟妹們功課，傳授他們一些實用的小技巧跟個人心得。

在這種情況下，一年七班新生的戰鬥技巧進步神速，很快就躍居一年級之冠。

02

北安契靈師大學的學生餐廳一共有四棟，分別座落於校園的東、西、南、北四個區域，方便在不同地方上課的學生就近用餐。

學生餐廳所使用的食材有一部分是跟食材供應商採購，另一部分源自農學院的種植和培育。

優良的食材搭配專業廚師的好廚藝，加上優惠的定價，讓北安的學生餐廳相當受歡迎，一到用餐時間就人滿為患。

在商陸向學校捐贈能量果凍機後，餐廳也順應推出能量果凍販賣，按照不同的能量果實等級，販售不同的價格。

契靈們都很喜歡能量果凍，經常向自家契靈師撒嬌，讓他們買果凍給自己吃。

要是學生自備食材，只需要付出一、兩百元的工本費，就能收穫一堆能量果凍。

不管是哪種方式，價格都比市面上要便宜許多。

一些善於經商的學生會從學生餐廳中購買果凍，拿到外面販售，藉此賺取其中的差價。

據說，最早開始這麼做的那批學生，在短短兩星期內，就已經賺夠一個學期的生活費了。

農學院院長聽聞此事，主動找上了校長，希望農學院也能獲得幾台果凍機，讓農學院種植的食材可以製作成果凍對外販售，為農學院賺取更多的經費。

農學院培育的食材品質優良、能量又高又純淨，如果直接販賣給外面的食材商人，肯定可以賺到大筆收入，只是考慮到學生餐廳的需求，農學院自願低價販售給學生餐廳。

這麼一來，農學院的經費不足，無法供應大多數的研究，讓他們相當傷腦筋。

能量果凍機讓他們看見了另一條銷售管道。

果園出產的能量果實都是作為餐後水果供應的，但是因為學生可以接任務前往秘境，在秘境中品嚐免費的能量果實，導致餐廳的能量果實銷售量不高。

秘境的環境獨特，能量充沛，即使沒有獲得精心照顧，秘境中的果樹能量還是比人類世界培育的高，這是不爭的事實。

能夠吃到免費又高能量的果實，沒有人會想要花錢購買能量低一等級的。

既然學生對能量果實的需求量不大，那麼農學院可以將多餘的能量果實加工成果凍，販賣給外界，用這一部分收入貼補農學院的經費。

一舉兩得。

校長自然是同意了。

商陸聽說了這件事，又捐贈了十台能量果凍機給農學院，並出資贊助他們進行能量食物的研究，希望可以製造出類似能量果凍這樣，將食物能量萃取、濃縮的食品。

果凍雖然好吃，但是吃多了也會膩。

他家的花寶就吃膩了，現在總嚷著要換口味，甚至還自己創造出「鮮魚鮮蝦肉泥混搭蔬果果凍」這種黑暗料理！

一堆生鮮魚蝦混合蔬果打成泥狀再做成果凍，商陸不用吃也知道會是什麼恐怖的味道！也只有本身就喜歡吃生鮮魚蝦的歐貝拉爾族會認為這種東西好吃了。

——在果凍機生產出來以後，商陸送了幾台給歐貝拉爾族，得到機器後，他們將日常吃的食材丟進機器裡頭做成果凍，花寶的黑暗料理創意也是這麼來的。

為了不讓花寶毒害她自己和商陸的味蕾，商陸連忙將「任務」發派給集團名下的研究所和農學院，希望他們可以製造出更美味的加工食品。

學生餐廳的廚師聽聞此事，也跟著插進來一腳，對商陸提出他們也想參與美食加工計畫。

畢竟商陸只是想讓食物變成好吃的果凍，又不是讓人研究新型機器，餐廳的廚師們自然有底氣。

在廚藝這方面，廚師可以拍著胸口說他們是專業的！

對於廚師們的提議，商陸當然也同意了。

只要廚師能夠研究出新式食品，商陸會按照食品留存的能量和食物的美味程度，給予不同的獎金獎勵。

在豐厚的獎金激勵下，學生餐廳的廚師們煥發了熱情，創造出許多新型料理。

第一批受益人（試吃員）自然是北安契靈師大學的學生和契靈了。

學生們嘴刁，對於新產品的接受度高，加上這些創意食物都是給了半價的折扣，要是學生提供的意見被採納，還可以獲得餐廳的折價券，自然有許多人願意參與這項試吃活動。

「這個蜜汁肉乾果凍還不錯，雖然少了肉乾的口感，可是味道吃起來跟蜜汁肉乾很像！」

「酸辣牛肉麵的也不錯，我家契靈愛吃辣，這款很合她的胃口……」

「我喜歡可樂雞翅果凍跟紅燒肉。」

「黑胡椒牛肉也很棒！」

「清蒸魚有點腥，做成糖醋魚應該會更好……」

「我家綿綿羊喜歡青青草香果凍……」

「我家契靈是毒系，可惜餐廳不推出帶毒的果凍。」

「廢話，毒藥是管制藥品，只能拿著證明、帶著契靈去醫院和藥房購買。」

「其實……」試吃的學生滿臉糾結，「味道都還不錯。」畢竟都是專業的廚師調配出的味道，「但是果凍的口感實在是……」

不管是黑胡椒牛肉、糖醋魚、可樂雞翅、酸辣牛肉麵、紅燒肉或是其他菜餚，不管味道再好，吃進嘴裡的口感卻是果凍口感，怎麼樣都覺得怪怪的。

「果凍很不錯啊！」另一人反駁，「我上次在秘境裡遭遇一波暴躁野豬群，累得半死才打贏，打完以後又累又餓，雙手直發抖，連水瓶蓋子都打不開，乾糧完全啃不動！」

眾所皆知，不管是哪種乾糧，它們共有的特色就是「扎實」、「硬」、「很難咀嚼」！

想像一下，在你累得半死、餓得腦袋發昏，急需補充熱量的時候，卻完全沒力氣吃東西！那是多麼悽慘的人間慘事啊！

「還是果凍好，不用咀嚼，直接吞也行！」

「而且攜帶方便！」旁人補充道。

「對！我記得之前有流行過一段時間的營養補給水，有玻璃瓶跟軟管瓶兩種瓶身，結果這兩種瓶子在戰鬥中很容易壞掉，玻璃瓶還會反過來刺傷人，一段時間後就沒人用了……」

「以前進入秘境都要帶特製水壺，後來出現食用水球，喝水就方便多了，水球的材質是可食用、可降解的，也不用擔心造成秘境污染。」

「我記得食用水球是商老師的商榮集團推出的對吧？」

「對，商榮集團先推出食用水球，之後才有其他公司模仿跟進……」

「不只是食用水球，商老師的公司還推出了『秘境系列』裝備，應對不同的環境需求配置不同的裝備，全都很實用，而且不會給你亂塞東西抬價！」

「畢竟是商隊嘛！他們經常出入秘境，當然知道什麼樣的裝備最合適！」

「商老師推出的裝備品質都很好，也不貴，我之前看一位主播做過測試，同等品質的裝備中，就數商老師賣得最便宜！而同等價位的裝備品牌，也是商老師家的品質最好！」

「我都跟學弟妹說，要是想買裝備，經濟上也還過得去，那一定要買商榮集團的，如果沒錢，也可以買二手，或是用租的！」

「對對！我剛開始跑秘境，身上沒錢，老師就跟我說，學校跟商榮集團有合作，可以低價出租裝備給學生，一整套裝備、一個月的租金也才一萬多，跑一趟秘境基本可以賺個十萬以上，絕對不虧！」

如果換成購買，一套商榮集團推出的秘境系列沒有兩百萬絕對買不下來！

「商榮集團的客服也很專業，要是不知道去某個秘境該買什麼裝備，去問他們就對了，他們還會按照你的經濟條件跟你推薦！」

「他們家的客服真的沒話說！我之前要去藍海秘境，因為沒去過那裡，不知道該買什麼裝備，商榮的客服就跟我分析那個秘境的環境跟兇獸，說可以買他們家的蒼鷺系列再加幾樣單品就可以了，聽到我沒那麼多錢可以買整套時，他們就給了我替代方案，把幾樣不常用到的裝備用其他品牌的便宜貨平替，再把一些高單價裝備換成功能較簡單的低價品……真的很貼心！」

「真的！商榮集團真的很好！完全不坑新人！我第一次買裝備的時候，就在商榮集團跟B家之間猶豫，B家也是大品牌，本身做戶外運動品牌起家，後來又推出一個專賣契靈師裝備的副牌，名氣不比商榮差，有很多主播都會推薦他們家的裝備。」

說話者刻意強調，自己是因為對方公司的好名聲才去買的，也沒有貪便宜買便宜貨。

「因為我家附近就有一間Ｂ家的實體店，我想說Ｂ家跟商榮集團的評價都差不多，而且我只是想買基礎系列，很多主播都說基礎系列的差異不大，不管買哪個品牌都行！所以我就選了Ｂ家了。

「結果到了店裡，服務人員就一直跟我推銷東西，一直跟我說這個用得到、那個一定要買，而且不是一個服務員跟我說，是一堆人圍著我推銷！」

說話者大大地翻了個白眼。

「後來我就被洗腦了，花了一大筆錢買了他們推薦的裝備，去了秘境以後就被前輩嘲笑了，他們說我是冤大頭，被坑了！我買的那些裝備有一半都派不上用場！把我氣死了！」

「Ｂ家好像都是這樣，會一直推銷你東西。」

「很正常啊，他們的收入跟業績掛勾，不努力推銷怎麼行？」

「Ｂ家的服務態度其實也很好，你一進門就有人立刻上前接待，服務人員還會按照你的喜好，送上各種飲料和點心，而且服務人員都是帥哥美女，對你說話輕聲細語，態度溫和親近，感覺就像是皇帝在被人伺候一樣……」

很多人都是為了享受帥哥美女的高規格服務，才會跑去B家買東西的。

相較之下，商榮集團的服務雖然也很好，但是服務員就是一般的樣貌，並沒有特地挑顏值，在賞心悅目上就差了一點。

學生們聊著聊著，話題又歪到哪家的裝備最好，哪家裝備最坑人，哪個地方的秘境最適合新手歷練，哪個秘境是又坑又苦又累，絕對不要去……

03

「咪嗚……」

花寶關上《契靈守護》遊戲畫面，若有所思地看著出現在儲物空間裡的眼鏡。

眼鏡名為「幽靈眼鏡（簡陋版）」，顧名思義，它可以讓人看見幽靈。

因為是簡陋版，所以它沒有遊戲中的任務道具那麼精緻，鏡框類似硬紙製成，鏡片像是淺藍色玻璃紙，整副眼鏡就算摺疊起來也很單薄，厚度只有三公釐，使用時間也只有十二小時，時間一到，它就會自動消失。

這是她通關「意外的故人」支線劇情後，突然心血來潮，用積攢的抽獎券進行一百連抽所抽到的東西。

時間進入十月後，《契靈守護》推出了萬聖節限定活動，並且開通了「意外的故人」支線劇情。

而動漫論壇的外觀也更換成萬聖節樣式，並因應遊戲，推出了《驚奇萬聖節》限定抽獎活動，在活動期間，使用抽獎券抽到的東西都跟萬聖節有關。

花寶進行一百連抽後，獲得了十三個可以看見幽靈的「幽靈眼鏡（簡陋版）」、兩把飛天掃帚、三個發光的南瓜頭罩、四件可以讓人變成半透明並且短暫飄浮的幽靈飄飄斗篷，以及一堆變身驚喜糖果和餅乾。

變身驚喜糖果和餅乾可以讓人變成幽靈、發光南瓜、蝙蝠、小骷髏、燈籠、月亮、烏雲、小妖精、墓碑、殭屍、貓咪、木乃伊等等。

糖果的變身時長是三十分鐘，餅乾是一小時。

「咪嗚……」

花寶想著在「意外的故人」支線中看見的「白光禹老師」，決定去現實中同樣的位置做個確認。

或許，幽靈白老師是存在的呢？

這樣的話，商寶就能見到白老師了，他一定會很開心！

想著支線中，商陸跟老師團聚的劇情，花寶頭上的幸運草也跟著晃動幾下，顯示她的好心情。

商寶一定會高興得哭了吧？到時候一定要拍照下來！

「大白，我們去探險吧！」

花寶飄向趴在一旁休息的大白狼，興沖沖地抱住他的臉。

要闖關就要找戰鬥力強大的隊友！

遊戲中的支線劇情，可是讓玩家帶著契靈打了好幾個關卡才通關成功，也不曉得現實中會不會一樣？

她可是治療系小契靈，根本就不會打架，還是找大白狼一起去比較保險！

「嗷？去哪裡？」大白狼縱容地看著花寶，「妳今天不跟商陸去上課嗎？」

「咪嗚！今天不跟！我想去以前白老師的辦公室！」

「嗷？白老師的辦公室？」大白狼面露疑惑，「那裡已經被改建成紀念館了，妳去那裡做什麼嗷？」

「咪嗚，我好奇嘛！」

花寶沒有說出真實理由，因為她也不能確定，白老師的靈魂是不是在那裡。

大白狼跟白老師的感情也很好，要是花寶跟大白狼說老師在那裡，結果卻找不到人，大白狼肯定也會傷心。

在花寶的央求下，大白狼帶著花寶跳出窗外，朝紀念館的方向直奔而去。

大戰期間，除了巡夜人和軍隊上戰場之外，契靈師大學的老師們也是戰鬥主力之一。

戰後，學校為了紀念那些在戰場上犧牲的老師們，便將舊的教職員辦公樓重新裝潢，修建成紀念館。

老師們生前的辦公座位加裝展示櫃，老師們的照片和遺物放在櫃上展示，上課用的教材書籍跟老師們用慣的水杯和雜物，如同他們生前那般，按照老師們的習慣，或整齊或凌亂地擺放在辦公桌上，彷彿老師們只是暫時離開座位，而不是再也回不來。

紀念館是三層式老建築，淺灰色水泥牆面搭配木質門窗，地板是堅硬的磨石子地面，方方正正的老樓建築物中，增設了新穎的陳列架、展示櫃和教師英雄們的介紹，以及學生們獻給老師的鮮花跟綠植盆栽。

陽光從大玻璃窗斜斜映入，照亮了室內，在教師們的照片上增添了一圈光暈。

大白狼走在前方，熟門熟路地朝著二樓前進，花寶坐在他的腦袋上左顧右盼，將眼前的場景跟遊戲逐一對照。

「咪嗚，慢點、慢點，你跑得太快了！我都沒看清楚！」

花寶拉扯著大白狼的頭毛，細聲細氣地埋怨。

「嗷嗚！老師的位置在二樓，一樓只是介紹區。」大白狼回道。

在紀念館落成時，他跟商陸來過好幾回，幫忙整理和布置紀念館裡頭的陳設，老師們的部分遺物還是商陸在戰場上找回來的。

從樓梯上到二樓後，一條寬敞的長廊出現在兩隻契靈面前，長廊兩側各有一個大型教職員室，長廊底端還有一個大型展示空間。

一間教職員室由十位老師共同使用，白光禹老師隸屬於左側的教職員室，他的辦公桌位於靠近外側的窗戶角落，站在窗口邊可以看見一樓的花圃。

「嗷嗚，這裡就是老師的辦公桌了。」

大白狼帶著花寶來到白光禹老師的座位，目光透著懷念。

花寶從空間中摸出簡陋版的幽靈眼鏡，將它戴到臉上。

幽靈眼鏡會隨著配戴者自動縮放，調整成合適大小。

透過幽靈眼鏡望去，眼前的景物依舊如同原樣，只是多出一個微笑看著他們的男幽靈。

男幽靈長得很好看，斯文俊秀，臉上戴著細框眼鏡，看著大白狼的神情很慈祥，非常符合世人想像中的老師模樣。

白老師犧牲得很早，所以現在看來，他也只比商陸年長幾歲而已。花寶回想了一下白老師犧牲的年紀，他似乎是三十五歲時過世的。

在白老師生日當天，商陸和老師的學生一起為老師慶生。慶生途中，意外發生，深淵怪物入侵了人類城市，正好出現在餐廳外面。為了保護民眾和學生，老師跟怪物展開作戰。

後來，怪物被順利擊殺，老師卻也身受重傷。

臨死之前，白老師一邊笑著安撫學生，一邊在心底默默許下他還沒來得及許的生日願望。

『希望，災難快點結束，大家都能，幸福平安……』

當時看到這個劇情時，花寶跟其他讀者一樣，哭喊著要給狗作者寄刀片。

『嗚嗚嗚！那麼好、那麼溫柔的白老師，竟然就這麼死了？』

『還死在他生日的這天？狗作者不是人！』

『商寶都做好了生日禮物，就等著吃完飯、切完蛋糕後要送給老師，結果老師竟然死了！』

『狗作者沒良心！』

現在，溫柔的白老師重新出現在眼前，花寶又有想哭的衝動了。

「嗷嗚？花寶，妳怎麼了？」

察覺到花寶情緒不對勁，大白狼關心地詢問。

「咪嗚，你戴上眼鏡。」

花寶拿出另一副幽靈眼鏡給大白狼戴上。

「嗷？為什麼要戴眼鏡？」

大白狼雖然感到疑惑，卻還是乖乖地讓花寶為他戴上眼鏡。

「咪嗚，你看桌子。」

花寶將大白狼偏過來看她的腦袋轉回去，正對辦公桌。

「嗷？桌子怎麼……嗷？老師？」

大白狼看見半透明狀的白老師，震驚地炸毛。

「嗷？真的是老師嗎？嗷嗷嗷？」

大白狼露出迷惑又欣喜的神情，而後不知道想到了什麼，轉為兇狠。

「嗷！是百變契靈吧？故意裝成白老師的模樣騙我？信不信我把你吃了！」

大白狼露出一口獠牙，齜牙咧嘴地恐嚇道。

百變契靈具有更換外觀的天賦技能，可以隨便將自己變換成看過的人、契靈甚至是物品，不過百變契靈只能變換外觀，並不能複製技能和知識，而且也沒什麼戰鬥力，一被攻擊就會恢復原樣，很容易被識破。

「咪嗚！大白，你誤會了，他是老師啊！」

花寶著急地想要解釋，大白狼卻不理會。

「嗷！花寶，他是百變契靈，妳不知道這傢伙有多可惡，最喜歡騙人，今天我一定要給他一個教訓！」

大白狼朝白老師直撲而去，而後在花寶的預料中穿過了老師的身體。

「嗷？不是百變契靈，是幽靈契靈？」

大白狼滿腦子困惑，什麼時候幽靈契靈也能夠改變外貌了嗷？

「難道是百變契靈跟幽靈契靈生的混血崽？」

「咪嗚！大白！他真的是白老師！我給你戴上的眼鏡是能夠看見靈魂的眼鏡，所以你才能看見老師！」

為了不讓大白狼鬧出事情，花寶坐著她的小雲朵，攔在大白狼面前解釋道。

「嗷？他真的是老師？」

「咪嗚！對，他是老師！」花寶用力地點頭。

一旁圍觀了兩隻契靈互動的白光禹，這時也明白了情況。

『所以……你們看得見我？』

「嗷嗷！老師！」大白狼嚎叫著撲向他，卻還是撲了個空。

『大白，好久不見。』白光禹微笑著回應。

他像以往一樣，伸手摸了摸大白狼的腦袋，大白狼也跟著回蹭幾下。

半透明的手掌穿過了毛髮，明明雙方都沒有觸碰到彼此，卻還是表現出互動的模樣。

一如以往。

花寶感動地調出論壇的拍攝鏡頭，對著一幽靈一狼進行了一百連拍，記錄這一刻的重逢！

『你們是怎麼看見我的？』

白光禹問出先前的問題，目光在兩隻契靈的臉上掃過。

『是因為眼鏡？』

「咪嗚！對！」花寶大大地點頭，「這是可以看見幽靈的幽靈眼鏡，可以使用十二小時！」

「嗷嗚！眼鏡有時間限制？那我們快點叫商陸過來！」

大白知道商陸也很想念老師，隨即就想要跑去找商陸過來。

「咪嗚！陸寶現在在上課，等他下課了再找他過來……」花寶制止道。

「嗷，可是……」

「幽靈眼鏡我有很多，不用擔心時間。」花寶知道大白在擔心什麼，笑著安撫他。她還留著好多抽獎券沒抽，只要在萬聖節活動的時間內抽獎，都有機會抽到幽靈眼鏡。

沒有時間限制的顧慮後，大白狼開開心心地跟白老師敘舊，一人一契靈說了好多「分開」後發生的事情。

而花寶也在白老師的敘述中得知，原來他是在前段時間才「甦醒」，並發現自己變成了幽靈。

而且重現人世的幽靈不只有他，其他在戰場上犧牲的老師也都在這裡。

花寶猜測，白老師他們變成幽靈，會不會是跟萬聖節活動有關？

如果有關的話，那麼要是萬聖節活動結束，老師們會不會就此消失？

要是白老師他們之後又會消失，商陸肯定會傷心難過。

只是這種事情也不是她一個小小契靈能解決的，只能在心中祈禱老師們能夠長久地留下。

如果世界上有神明，那就請對這些遭遇苦難的人好一些，不要給了他們希望又讓他們失望。

在花寶祈禱的時候，動漫論壇空間閃爍了幾下，而後又回歸平靜。

04

商陸來到紀念館時，見到的是自家的兩隻契靈仰著腦袋，臉上戴著奇怪的眼鏡，「嗷嗚」、「咪嗚」地嚷嚷著。

口中出現最多的詞句，就是「老師」二字。

是大白在跟花寶介紹老師嗎？

商陸這麼想著，臉上也揚起了懷念和笑意，慢步朝兩隻契靈走去。

「嗷嗚！商陸，你怎麼這麼慢！快過來，把眼鏡戴上！」

大白狼將商陸推到桌邊，又催促花寶拿出幽靈眼鏡。

花寶動作飛快地拿出眼鏡往商陸臉上一戴，商陸只覺得眼前一花，而後……

眼前突然出現一堆人！

「嘶……」

商陸倒抽一口冷氣，往後退了兩步。

『哈哈哈哈，我就說這個小子會嚇到！來來來，給錢、給錢！』身材壯碩的戰鬥教官朗聲大笑，厚實的手掌伸向周圍的同事討錢。

『嘖！這孩子以前沒這麼膽小啊……』蓄著山羊鬍的中年人摸摸鬍鬚，語氣頗為不解。

『也許他怕鬼？』紅髮張揚的老師說了一個冷笑話。

『鬼能有深淵怪物恐怖？』

『哈哈哈，我們這些老不死的比怪物恐怖！』拄著拐杖的老者哈哈大笑，其他人也跟著笑開。

他們生前都是跟深淵怪物抗爭，為人類保留希望種子的老師，對他們而言，能被稱為「比深淵怪物還要恐怖」的存在，是一種榮耀！

『你們別鬧他了，一群人靠得那麼近，臉都快貼臉了，誰都會被嚇到。』白光禹笑著為自家徒弟打圓場。

『切！你就護著自家學生吧！當我不知道他們以前上過心理調節課嗎？』

一群老師說說笑笑，被嚇得腦袋空白的商陸這才回神。

「……老師？教授？武教官？」

商陸難以置信地看著眼前的「人」，而後又警戒地擺出戰鬥姿態，還對大白狼打了個預警的手勢。

他以為自己是陷入某個契靈的幻覺技能中，不然怎麼會……

商陸完全忘記，為了保證紀念館的安全，這裡不僅裝設了監視器，還有各種預防契靈搗亂的設施，契靈在這裡會遭受限制，無法施放技能。

『嘖！我上課的時候不是經常說，暗號要經常更換，不然很容易被破解？「警戒」這手勢都用了幾年了！竟然都沒換？』

『說不定他有換，只是換過一輪又回來原本的……』

『經常換，容易搞混，契靈記不住。』

『記不住也要記！要是被破解了，怎麼執行任務？敵人一看就知道你在打什麼暗號！』

『所以我說，應該叫他們跟契靈培養好默契，覺醒羈絆，獲得心靈溝通的能力，這樣就不會被破解了！』

『說得簡單，羈絆有那麼好獲得嗎？一堆人將契靈當成寶貝寵著、愛著、疼著，連對自己的孩子都沒那麼好，結果還不是一樣，連羈絆的邊都沒有摸到！』

『我覺得不應該只有寵愛，那跟養寵物有什麼區別？應該是要跟契靈一起訓練、一起成長……』

『聽說一起體會危險、一同出生入死，更容易獲得羈絆！』

『那方法太激進了！弄不好就要死人、死契靈了！』

『如果這方法有用，那之前大戰時應該就有很多人覺醒羈絆……』

一群人說著說著就吵了起來，鬧成一團，把商陸丟到一邊。

看著眼前熟悉的吵鬧氛圍，商陸的表情幾度變換，眼眶漸漸泛紅。

「老、老師……」

呼喚的聲音帶著嗚咽，這一瞬間，高大成熟的男人彷彿又回到了少年時期，處於老師的關懷和庇護之下。

『好久不見。』白光禹目光溫和地看著自家學生，『你都長這麼大了。』

「老師，我好想你……」

商陸張開手想給老師一個擁抱，手卻從白光禹身上穿了過去。

眼前的一切，讓商陸與老師已經「天人永隔」的認知更加明確，商陸的心頭悶痛，強忍的眼淚忍不住落下。

他雙手捂著臉，弓著身子，無聲地哭泣。

『別難過，我們現在能夠重逢，不是已經很幸運了嗎？』

白光禹試圖拍拍他的背安撫，卻因為無法碰觸，只能不斷用言語寬慰。

其他幽靈見狀，紛紛安靜地避開，讓出空間給這對師徒敘舊。

不過他們也沒有走遠，他們還有事情想拜託商陸跟那隻神奇的幻靈花寶幫忙，他們也想見見自己的親人和學生，要是錯過這次的機會就不知道要等到什麼時候了。

商陸很快就平復了情緒，他不知道老師可以待多久，不能將時間浪費在無用的悲傷上。

商陸摸了摸臉上的幽靈眼鏡，將它取下確認後又很快戴上。

「老師，你們……一直都存在嗎？

「一直待在這裡生活嗎？

「能在學校走動嗎？」

如果老師他們一直存在著，那他們看著親人和學生來來往往，卻因為陰陽相隔無法對話，老師們是不是會覺得難過？是不是會感到孤單？

只要一想到他在紀念館布置和參觀時，老師就在他身旁跟他說話，但他卻半點聲音都聽不見，半句話都沒有回應，商陸就覺得心痛如絞。

「咪嗚？」

花寶拉了拉商陸的衣服，不明白為什麼應該高興的重逢時刻，商陸卻是一臉悲傷。

白光禹倒是看出了自家弟子的心思，笑著拍拍他腦袋。

『我們是上星期才甦醒的，甦醒原因目前還不清楚，也不曉得這種狀態會不會一直持續。』

聽到老師還有可能會再度消失，商陸頓時緊張了起來。

「老師，介意我為你們做一次檢查嗎？」

老師們目前的狀態是幽靈，契靈中有幽靈系契靈，學校裡頭也有相關的檢查設備。

白光禹也想要了解自身情況，只是……

『我們無法離開這裡。』

甦醒時，白光禹和其他老師都測試過，他們離不開這棟紀念館，只能在內部活動，透過窗戶觀看外面的景色。

「我可以將機器帶過來。」商陸不覺得這是問題。

『好。』

相關的檢測機器體型巨大，最小的跟冰箱差不多，大型的足以占去紀念館五分之一的空間。

想要搬運這些機器，需要不少人手協助，商陸問過花寶幽靈眼鏡的數量後，找來了老師們心心念念的學生和親友協助。

被找來的人見到幽靈親友和師長，又激動地哭了一通。

在聽完商陸的敘述後，他們拍著胸口保證，一定會找出老師們甦醒的原因，並且想辦法讓老師們永遠留存於世！

幽靈老師們倒是對自己的留存不以為意，能讓他們再度見到親友、學生，好好地交代完「遺言」，他們就滿足了。

親友和學生們對於幽靈老師們的勸說，秉持著「不聽、不聽、我不聽！」的心態，一群人轟轟烈烈地行動起來。

聞訊趕來的校長以「修整紀念館」的名義，封鎖了紀念館及周邊區域，並找來其他老師代課，讓商陸他們可以專心研究。

看著空間中僅存的三副幽靈眼鏡，花寶搓搓葉片小手，先來了個一百連抽試手氣。

這一次的抽獎運氣很好，一百連抽中，獲得了四十三副簡易版幽靈眼鏡，幾乎占了一半的數量。

既然運氣好，那當然要多抽一些！

花寶又進行了兩百連抽，拿到九十九副幽靈眼鏡、一堆糖果餅乾，以及一個可以使用十天、範圍是五百坪的「簡易版幽靈能量磁場」。

抽完這些獎品，花寶手上只剩下三十幾張抽獎券。

花寶歪著腦袋閱讀簡易版幽靈能量磁場的簡介。

【簡易版幽靈能量磁場可以補充幽靈的能量（幽靈型契靈也適用），讓幽靈們的能量增強，變得強壯。】

【能量充足的幽靈可以變成實體、現身人前，並可以觸碰物體。】

【能量消耗殆盡的幽靈將會消失。】

「咪嗚！老師會消失！」

花寶看著最後一行字，捧著簡易版幽靈能量磁場慌慌張張地找上商陸。

商陸得知此事，著手對花寶提供的簡易版幽靈能量磁場進行實驗，確定它的功效後，隨即找來幽靈系和機械系的老師和學生一同研究，試圖複製出簡易版幽靈能量磁場。

北安契靈師大學人才濟濟，老師們研發的新品專利權加起來有上千份，高年級的優秀學生也握有幾份小型專利。

讓這樣的一群天才在短時間內複製出簡易版幽靈能量磁場，並不是什麼困難的事情。

眾人集思廣益，耗費了三天三夜，就將簡易版幽靈能量磁場摸透了，順利地複製出同等品質的簡易版幽靈能量磁場。

「這個簡易版幽靈能量磁場造價不算昂貴，但是使用可不便宜，運作一天就要消耗掉上百萬的資源，每一天都在燒錢……」

機械系老師搖著頭，表情頗為嫌棄。

他已經組建了研究小組，專門研究和改良簡易版幽靈能量磁場，希望可以降低製造成本和運作費用，並且讓它的使用時間更加長久，而不是用個十天就報廢。

雖然報廢的儀器可以拆解成零件，用在一些不重要的機械上，或是餵給喜歡吃金屬的契靈，但身為研究人員，他們還是希望能製造出好用、實用又可以長久使用的機器！

除此之外，他們還研究出可以長期使用的簡易版幽靈眼鏡，不用再擔心眼鏡不夠用的問題。

唯一讓研究小組研究不出來的東西，就只有可以讓人變身的糖果和餅乾了。

他們分析過這些食物的成分，就是簡單的糖、麵粉、蛋、水果這些東西，沒有其他額外的添加物，但就是不知道為什麼，用這些食材製作出的糖果和餅乾竟然能讓人變身！

研究人員用了各種儀器分析、解析，還是弄不明白其中的原理。

「要是能夠製作出來就好了……」研究人員滿臉遺憾。

他們發現，吃下變身餅乾或糖果後，不管變身成什麼模樣，他們都能夠看見幽靈並且與他們「接觸」！

對！是可以真的碰觸到對方的接觸！

這麼神奇的東西，如果真能研發出來，那他們在幽靈型幻靈的研究上肯定大有斬獲。

在所有幻靈之中，幽靈型幻靈最為神秘，非常難深入鑽研，研究資料上存有大片空白，它也是眾多研究人員最想攻克的目標。

「商隊也太厲害了，竟然可以拿到這麼神奇的糖果和餅乾……」

「是啊，不知道他是從哪裡拿到的。」

「想那麼多做什麼？」研究團隊的主導者嚴教授制止了這場談話，「人家願意將東西分享出來讓我們研究就很好了，其他的事情沒必要追根究柢。」

「也對，我們能夠得到研究機會就很好了，我那些同學都羨慕得要死……」

「哈哈，我已經投稿三篇論文給《幽靈》了，我的老師說，很有可能三篇都過稿！」

《幽靈》是幽靈研究中最具權威的專業期刊，地位就跟醫學界的《手術刀》差不多，是許多幽靈研究人員趨之若鶩的目標。

而這些成果，還只是他們研究幽靈眼鏡的一部分收穫！等到他們將幽靈能量磁場和幽靈眼鏡研究透了……

一想到那光輝燦爛的未來，眾人頓時激動了起來。

「走！繼續研究！」

「走走走！」

第八章

紀念館大冒險！

01

雖然校長用「修整紀念館」為藉口，不讓學生和閒雜人等靠近紀念館，可是學生本就處於好奇心重、喜愛冒險和幻想的年紀，又怎麼可能不到紀念館周邊走走看看？

這一看，就讓他們察覺到不對勁。

說是要修整紀念館，但是堆放在紀念館周圍的東西，明顯就是研究專用的戶外簡易實驗室和相關的儀器安置倉庫。

修整紀念館需要的不是鋼筋水泥磚石嗎？

搬來這些研究器材和高規格的戶外實驗室做什麼？

修整紀念館需要的是建築師，他們學校沒有建築系，照理說應該外聘專業人才，可是學校卻派出了戰鬥系、幽靈系和機械系老師？

什麼時候這三個科系也兼職研究建築啦？

越想，學生們越覺得不對勁，眾多的流言蜚語和臆想猜測在學生論壇流傳開來。

——聽說紀念館那邊要改造成幽靈系的戰鬥場！

——不對、不對，我聽說是要建造幽靈系契靈訓練中心！

——紀念館那麼重要的地方，怎麼可能改建成訓練場？肯定是整修！

——整修紀念館找幽靈系和機械系老師去做什麼？

——戰鬥系老師也去了！

——會不會是想要做出類似幽靈的投影裝置？讓那些英雄老師重現？

——我投投影一票！現在很流行把去世的親人影像轉成立體投影，或許學校也是想要這麼做。

——如果只是要做投影，那找戰鬥系跟幽靈系老師去做什麼？

——你們別忘了，戰鬥系老師是商陸商總裁，說不定是找他去投資的啊！

——說不定他們是想要研究新型的投影，所以才找幽靈系老師參與，幽靈系學生不是都要學習能量和光影嗎？

——不是說有人偷偷跑去紀念館查看了嗎？沒有查出裡面是什麼情況嗎？

——別提了，紀念館周圍都有保安巡邏，還沒溜進去就被抓了，聽說那些人都被罰去幫忙種植園的工作了！

——去種植園的是前幾批！農學院不缺人以後，後面被抓的就被分配去跟培育院跟幻靈寶寶們玩耍了。

——噺！為他們默哀！

——勇士一路好走！

——跟寶寶玩有什麼不好？寶寶那麼可愛！

——前面的肯定不是培育院的！幻靈寶寶是很可愛沒錯，平常乖乖的，可可愛愛，像個小天使，可是等他們耍起脾氣的時候，就變成小惡魔了！

——耍脾氣還好，離遠一點就沒事。就怕寶寶們太喜歡你！

——喜歡你也有問題？

——有！我們班有一個很受幻靈喜愛的人，他去實習的時候，寶寶們都喜歡黏在他身邊，小寶寶們個子嬌小、也還沒學習技能，就算打架了，殺傷力也不強，可是長大的寶寶就不是這麼一回事了！

——我們班那個同學，就因為大寶寶們爭著要他抱抱，鬧了起來，一隻巨蟒寶寶把我同學纏了起來，要帶回他的窩，等到我們將他救出來時，他身上有多處擦傷、腳也扭了，小腿骨還有骨裂！

——我們以前還很羨慕他，在那次意外以後，我們都很慶幸自己沒有這種「受歡迎」的體質。

——真不知道該同情他還是羨慕他……

——嗯啊，以他這種受歡迎的資質，肯定有一堆高階契靈想跟他結契，但是這種體質又很容易陷入修羅場……

——號外！號外！我們班有人潛入紀念館了！他們開了直播，大家可以直接點進〔探密紀念館直播間〕觀看現場情況！

——喔喔喔！終於有人進去了！

——感謝這幾位勇敢的勇士！

學生們紛紛湧進直播間，觀看紀念館的直播影像。

直播鏡頭晃動得劇烈，從畫面和腳步聲可以判斷出，掌握直播鏡頭的人正在小步跑動。

突然間，畫面一暗，眼前被一堆綠葉遮擋，鏡頭跟著主人進樹叢裡頭，觀眾還能聽見他們緊張的呼吸聲。

——現在是什麼情況？不是說是紀念館探密直播嗎？

——該不會是被保安發現了吧？

——嗚呼！要是被發現就有趣了……

觀看直播的學生們很沒有同學愛地幸災樂禍，在直播間調侃起來。

過了一分鐘左右，畫面再度晃動起來，鏡頭探出了草叢，對著不遠處的轉角位置拍攝。

現在的時間是傍晚時分，鏡頭畫面除了拍攝到塗著白漆的牆面之外，還拍到了一小塊夕陽餘暉的天空。

「走了、走了，沒事了……」

刻意壓低的男子嗓音響起，鏡頭也隨之轉動，三名靠坐在牆角邊的青年出現在畫面中。

「嚇死我了！差點就被逮住！」

圓臉圓眼、身材也有些圓胖的白嫩小胖子拍著胸口，臉上滿是逃過一劫的慶幸。

小胖子坐在中間，他的左邊是一個身材高瘦的黑框眼鏡男，右邊是身材健壯、膚色健康的運動型青年。

「胖子你還敢說！要不是你踩到樹枝，保安怎麼會注意到這邊！」運動男語氣不滿地埋怨。

「我、我又不是故意的，誰知道那裡有樹枝啊……」小胖子自知有錯，嘴裡嘀咕幾句，小聲地為自己辯解。

「別吵了，先進去再說。」

眼鏡男左右張望一圈，確定周圍沒人，這才從身後的窗戶翻進紀念館內。

小胖子跟運動男緊隨其後。

進了紀念館一樓，三個人小心翼翼地縮在大木桌後方，探頭探腦地查看四周。

「左邊，安全。」眼鏡男低聲說道。

「右邊，安全。」小胖子跟著開口。

「前面，安全。」運動男朝兩個好友豎起大拇指。

後面是他們剛剛翻過來的窗口，不用看也能確定沒問題。

三人蹲坐在大窗底下的牆角位置，將直播鏡頭對準自己。

「嗨，大家好，我們是戰鬥系一年一班的學生。」小胖子對著鏡頭揮手，「我叫做錢多寶，大家叫我阿寶就好。」

「我是林智遠。」眼鏡男推了推眼鏡，酷酷地對著鏡頭點頭。

「我叫做葉金澤。」運動男咧開一口大白牙，笑容燦爛地說道。

「剛才我們差點被發現了，還是契靈替我們引開保安，現在我們已經進入紀念館了。也不曉得保安他們抓到呱呱他們以後會不會懲罰他們？」

錢多寶對著鏡頭，滿面愁容地說道。

「不會。」林智遠篤定地回道：「我已經調查過了，之前溜進來被抓到的人，都是學生受罰，契靈並沒有被罰。」

「那就好。」錢多寶鬆了口氣。

既然契靈不會有事，手機螢幕上一堆留言滑過，都是要他們趕快動身，別再耽擱契靈為他們爭取到的時間。

「好好好，現在就走。」

錢多寶站起身，彎著腰，謹慎地將自己藏在木桌後方。左看看、右瞧瞧，身體一扭一扭的，大圓屁股也跟著晃來晃去。

林智遠覺得眼睛被錢多寶的屁股傷害了，精神遭受九十九點的重擊，要不是理智尚存，他真想一巴掌拍下去！

「啪！」

一聲輕響突兀地響起，把三個人嚇得完全不敢動彈。

他們縮在木桌後方，輕手輕腳地望向聲音來源，才發現那是堆放在牆壁邊的木材倒下的聲響。

三個人頓時鬆了口氣，但是新的疑惑又冒出來了。

「又沒有風，那根木頭是怎麼倒下的？」

倒下的木材有半個手腕粗，是工地常見的長方形木料，看起來輕，卻也不是風吹就會倒下的。

更何況現在又沒有風！

「沒有風，也沒有人碰，它、它是怎麼倒下的？」小胖子嚥了嚥口水，不安地抓住葉金澤的手臂。

「你、你別抓我抓得這麼緊。」葉金澤也同樣害怕，「說不定是木材沒有放好……」

「也、也對。」

就在這時，天邊的夕陽完全沉落，最後一絲霞光收斂，絢爛的天色轉為深深淺淺的藍色調，如同入夜前的景象。

紀念館內也因為日夜變化，室內的亮度瞬間轉暗，氣溫也好像低了幾度，很有靈異恐怖片開場的氛圍。

錢多寶緊緊抓著葉金澤，整個人恨不得黏到他身上。

看著抱在一起瑟瑟發抖的兩人，林智遠很想捂住臉裝作沒看見。

「形象、注意形象！現在還在直播！」他將手機移開，低聲朝兩人吼道。

「喔喔、好。」

錢多寶和葉金澤連忙鬆開抱住彼此的手，抬頭、挺胸，讓自己看起來更有氣勢一些。

林智遠滿意地轉回手機，對著鏡頭微笑。

「現在我們……」

「碰！」

在他們斜對角的紀念館大門突然自動關上，發出一聲巨響。

「啊啊啊啊啊……」

錢多寶跟葉金澤嚇得花容失色，抱在一起尖叫，錢多寶還飆出了女高音！

「閉嘴！那只是風吹的！」林智遠雖然也慌了，但還是強自鎮定。

「你騙人。」錢多寶委屈巴巴地反駁，「你以為我沒有看過紀念館的大門嗎？那門是實心的，厚度有半個手掌厚，什麼樣的風能吹動啊？」

「颱風或是龍捲風？」葉金澤憨憨地接話。

「說不定是被人碰到呢？」林智遠抿著嘴回道。

錢多寶鄙夷地看著他，「你摸摸你的良心，你說的話，你自己相信嗎？」

「……」

不信。

02

錢多寶三人決定不去查探大門為什麼會關上的真相，他們也不想靠近大門。

「咳，門關著也好，這樣保安他們就不會發現裡面有人了。」

說這話的林智遠，完全忽略了保安看見大門莫名關閉時，會不會進入紀念館查看的可能。

「大家也看到了，大廳的情況就是這樣，就是一些展示品跟桌子、櫃子，沒有其他東西，我們直接上二樓去看看。」

三個人沒有注意到，在手機鏡頭滑過的角落，有不明的黑影在晃動。

眼尖的觀眾們注意到了，他們拚命發言，提醒錢多寶三人注意，只是錢多寶他們只想快點上二樓，根本就沒有留意觀眾發言。

「呼、呼……」

三個人氣喘吁吁地上了二樓，雙腿發軟地靠坐在樓梯口的牆角邊。

三人是戰鬥系，平日都有在進行體能訓練，他們的體力還不至於繞半個大廳外加爬一層樓就累癱，導致他們出現這種狀態的原因，是因為恐懼以及緊張。

「我們現在到了二樓……什麼？一樓有奇怪的黑影？」

錢多寶看著手機上的留言，驚愕地瞪大眼睛。

「什麼時候出現的？我、我們都沒發現！」

「什麼黑影？」林智遠湊過來，觀看手機上的發言。

「他們說剛才在一樓大廳的時候，展示架那邊有黑影在晃動。」

「真的假的？會不會是看錯了？我剛才什麼都沒看見啊……」

葉金澤也跟著擠了過來，壓低聲音叫嚷著。

「有人放了剛才直播的剪輯連結。」錢多寶指著一行影片網址說道。

「我來看看。」林智遠拿出自己的手機，點擊幾下，進入了那個影片網址。

影片只有幾秒鐘，確實能夠看見一個黑影在展示架上搖晃。

「這、這個可能是陰影……」林智遠勉強找了個解釋。

「對、對，旁邊不是有很大的落地窗窗簾嗎？應該是窗簾的陰影。」

不管觀眾們如何從各個科學的角度反駁，說那並不是窗簾的陰影，三人始終就認定那是窗簾！

「好了，我們休息夠了，現在就帶大家到處逛逛……」

錢多寶強制結束窗簾和陰影的話題，不想深入探討這些恐怖的事情，儘管……

二樓這裡的氛圍也很奇怪。

「這裡……要舉辦萬聖節活動嗎?」錢多寶納悶地問道。

「過幾天就是萬聖節了,學校在紀念館裡頭放一些萬聖節的鬼臉南瓜、蝙蝠、骷髏人、斗篷、幽靈這些東西,似乎也很正常?」

——我記得之前校長曾經說過,紀念館是為了紀念過往犧牲的英雄,應該要莊嚴肅穆,所以不會在紀念館舉辦任何活動!

——學校雖然會在各個節日辦活動,但紀念館這邊是絕對不會參與的!

——正常個鬼!學校從來沒有在紀念館辦過這樣的活動!

——所以這些萬聖節裝飾不是校方弄的?那是哪位勇者跑去紀念館裝飾的?

——啊啊啊啊!你們看到沒有!有幽靈!右邊第三張辦公桌那裡!

——什麼?幽靈?誰家的契靈跑進去了嗎?

——啊啊啊啊啊!我也看見了!這幽靈好帥啊!

——這位帥哥幽靈好眼熟啊,我好像在哪邊看過?

——我也覺得很眼熟,是哪個明星嗎?

——啊!我想起來了!他是老師啊!白光禹老師!商隊的老師!

——這是立體光影特效嗎?學校想把老師的形象都弄出來?

——不是特效，光影的形成要有光，我沒看見光源……

——說不定是研究室研發的新型科技？

——啊啊啊！那些萬聖節裝飾動了！

——啊啊啊！小胖子他們被萬聖節南瓜、娃娃追了！

——快跑、快跑！被抓到就完蛋了！

一堆觀眾在直播中尖叫留言，而錢多寶他們也正狼狽地到處逃竄。

「啊啊啊啊啊……」

錢多寶一邊跑、一邊尖叫，別看他胖胖的，動作卻是相當靈活。

「為什麼這些萬聖節裝飾會動啊啊啊啊！」

林智遠躲在辦公桌後頭跟木乃伊娃娃對峙，雙方你進我退、你左我右，努力地隔開彼此的距離。

「走開！走開！嗚嗚嗚虎爺快來救爸爸！」

葉金澤順著柱子爬到天花板的位置，雙手雙腳緊緊抱著柱子不敢放鬆，嚇得快要哭出來了。

三個人的窘狀讓觀看直播的眾人哈哈大笑。

觀眾們原本還很擔心他們的安危，後來發現那些萬聖節裝飾只是在嚇唬他們，根本就沒有傷害他們時，心底的擔憂也放下了，轉而變成吃瓜看戲狀態。

——哈哈哈哈哈啊！我笑得肚子好痛！

——嘖嘖！身為戰鬥系竟然被一群玩偶捻著跑，現在的新生真是要加強訓練了……

——也不能這麼說，每個人都有害怕的東西，他們嚇成這樣也很正常……噗！哈哈哈哈哈！

——天啊！我竟然在南瓜臉上看見鄙夷？

——哈哈南瓜旁邊的木乃伊對小胖子翻白眼了！

——那邊的幽靈教官滿臉嫌棄，好像想要叫小胖子他們回爐重練哈哈哈哈……

——我知道他！那位幽靈教官是戰鬥教官，我舅舅以前上過他的課！王教官很嚴厲，不過他帶出來的學生都很厲害！我叔叔現在是北區巡夜人的小隊長！

——各位，我有問題（舉手），光影特效能夠拿實體物品嗎？我看到一隻小骷髏人跳到白老師幽靈的肩膀上！

——我就說那個不是光影特效了，光影特效的活動範圍都是有限制的，被實體物品擋住的時候光線還會變得扭曲，可是你看他們，不只能夠跑來跑去，還可以穿牆、拿東西！誰家的光影特效那麼厲害啊？

——所以說……這些真的是幽靈？真的幽靈？

——幽靈系報到！現在我們已經到紀念館二樓的樓梯口了，我們帶了能量檢測裝置，確定那些幽靈就是真幽靈！

——媽呀……這可真刺激！那些科學家不是都說人死後不會變成幽靈嗎？

——關於人死後會不會變成幽靈這件事，科學界其實分成兩派說法，一派認為有人類幽靈的存在，畢竟有「靈魂重量實驗」，只是因為一直都沒有直接的證據證明，所以一直都是認為沒有幽靈的言論占上風。

——對！雖然有人說過他們見過、夢過死去的親人，或是遇見過靈異事件，但是因為沒有留下照片、影像資料這類的直接證據，所以在科學界並不被認可。

——那我們算不算是見證了幽靈？

——還等什麼！快點錄下來！

——為什麼紀念館會有那麼多幽靈啊？我以前去的時候都沒遇見過！

——我們以前去都是白天去，紀念館到了晚上就閉館了，說不定晚上才是他們活動的時間？

——這麼說……學校也知道這件事？不然怎麼會到了晚上就閉館？

——而且學校還禁止我們晚上過去那邊！

學生們腦洞大開地猜測，並將一切的疑問自動找答案補上。

他們認為，校方早就知道紀念館中有幽靈老師，基於某些原因，校方隱瞞了老師們的存在，為了不讓學生知道真相、打擾幽靈老師們在紀念館中的生活，所以限制了紀念館的開放時間。

其實校方之所以選擇晚上閉館，是因為紀念館的位置偏僻，晚上幾乎沒有人過來，只有兩名紀念館的值班人員留守。

為了節省資源、減少人力浪費，校方才決定晚上閉館。

至於「禁止學生晚上過來紀念館」這件事，是因為紀念館的位置偏僻，周圍的樹木又多，可以藏匿的地方不少，要是有罪犯入侵校園，紀念館就是不錯的藏身地點，為了保護學生的安危，校方才會有這樣的規定。

03

花寶看著衝來衝去嚇唬學生的老師們，笑得直打滾。

她從來沒有想過，正經、穩重的商陸和其他老師，竟然還有這麼調皮搗蛋的一面！簡直比她還要像是小崽崽！

是的，這些跑來跑去嚇唬小胖子的萬聖節裝飾，是商陸和老師們變成的。

他們吃下變身糖果和餅乾，原本是要跟幽靈老師們討論新改良的幽靈能量磁場好不好用？後來發現小胖子他們想要潛入紀念館，還拿著手機鏡頭直播，乾脆就上演了這一齣戲。

這些學生的好奇心實在是太重了，即使校長加強了紀念館這邊的巡邏，卻還是擋不住一波接著一波跑來的學生。

校園的保安隊隊長向校長訴苦過幾回，希望學校增加這裡的人手，只是能調來的都調來了，哪裡還有多餘的人手呢？

幸好經過這段時間的研究和實驗，在幽靈能量磁場的滋養下，幽靈老師們的身形逐漸凝實，雖然還不能實體化，也不能離開紀念館，卻已經可以現身人前了。

幽靈老師們沒有消失的危機後，緊接著也要考慮他們的未來。

要不要曝光幽靈老師們的存在？

該怎麼安排逐漸恢復的幽靈老師們？

這些都是需要討論的問題。

幽靈老師們在身體能夠接觸到實體物品後，馬上就讓自己的學生運來了電腦、手機、書籍和各種實驗器材，了解他們死後的情況，學習現在最前沿的知識以及繼續生前未能完成的研究。

幽靈老師們的想法很簡單，既然都「復活」了，當然不能白白浪費這大好時光，想研究的繼續研究、想教書的繼續教書育人，為學校和社會貢獻一份心力。

校長也不希望為了一些不必要的擔憂而隱瞞他們的存在，讓他們困在紀念館，每天無所事事地過生活。

這樣的行為對這些英雄來說是一種褻瀆！

於是就有了今天這一齣。

先透過直播稍微顯露出幽靈老師們的存在，之後再半遮半掩、一點一點地放出消息，最後再讓學生來紀念館上課，讓幽靈老師們重拾教鞭。

校方曾經想要整改紀念館，讓它變得更加舒適，但是校方也對幽靈老師們和紀念館的聯繫有疑慮。

幽靈老師們只能留在紀念館中，或許兩者是相依相存的關係，要是他們整修了紀念館，會不會破壞其中的平衡，導致幽靈老師們消失？

基於種種顧慮，校方還是決定保留紀念館原貌。

反正這棟紀念館新建不久，各項設備都是嶄新的，還不需要擔心建築物破敗的修整問題。

紀念館的面積不小，只要將一些陳設布置挪一挪、換一換，用來當教室綽綽有餘。

就在錢多寶三人被無良老師們耍得團團轉時，他們的契靈感應到自家主人的害怕，紛紛甩開抓捕他們的保安，趕過來救援了，而保安們自然是緊追在後，同樣跟了過來。

保安和契靈到達紀念館後，只見到錢多寶三人在二樓鬼哭神號，先前追逐他們的萬聖節裝飾和幽靈老師們完全不見蹤影。

保安們看著哭得花容失色、嚇得鼻涕都流出來的三名學生，也沒辦法再責備他們，安撫幾句後，就將三個孩子和他們的契靈帶走了。

紀念館再度恢復安靜。

此時的時間已經是晚上六點，校園內的路燈和各種照明設備按照設置，一個接著一個亮起。

幽暗的紀念館也在燈光的照耀下變得明亮。

幽靈老師們在燈光下重新現身，而變身成萬聖節裝飾的老師們有些因為時效過了恢復原樣，有些還保持著變身模樣。

大家笑呵呵地齊聚在一起，整個二樓熱鬧得像是在舉行宴會。

「咪嗚，白老師，吃糖果。」

花寶拿出自己製作的能量晶體，遞給白老師。

白光禹看著遞到眼前的「糖果」，錯愕地愣了一下。

在變成幽靈以後，他們也嘗試過進食，只是當時的他們碰觸不到東西，根本沒辦法吃進食物。

現在花寶讓他吃東西，那是不是意味著……

想到花寶拿出的那些神奇物品，以及她本身的特殊……

白光禹眸光一閃，張嘴吃下花寶手裡的能量晶體。

能量晶體入口後，化為一股暖流融入白光禹的四肢百骸。

白光禹低頭看著身體，身體依舊是虛體，沒有凝實。

這項發現讓他有些失望。

此時，旁邊悄悄地伸來一隻手，掐了他的臉頰一把。

『嘶……』

白光禹吃痛地捂住臉，驚愕地看著掐他臉的人。

『老武，你掐我做什麼？』

『竟然會痛！』武教官驚奇地說道。

『他的臉頰上有紅印！』

『為什麼只有臉變成實體，其他部位還是虛體？』

一群幽靈老師團團包圍住他，在他的臉上摸摸捏捏，滿是驚奇。

『會不會是能量不夠才沒有全部變成實體？』

『剛才那個東西還有沒有？繼續吃！多吃一點！』

老師們興奮又著急地催促。

花寶好奇地看著只有臉龐轉為實體的白光禹，拿出一堆能量晶體遞給他。

白光禹一顆接著一顆地吃下，隨著能量充盈，他的頭、脖子、肩頸、胸膛、四肢逐漸轉變成實體。

而且是活生生的、如同生前模樣的實體！

白光禹捏捏自己的手臂，摸摸待在他身旁的商陸和大白狼，又低頭看著腳下的影子，心中百感交集。

幽靈同事們也是嘖嘖稱奇。

『實體，有重量、有體溫，還會痛……這是變成人了嗎？』

『真是太神奇了！這是幽靈研究的一大突破！』

『為什麼幽靈還可以變回活人？』

『幽靈契靈也能變成實體，也會受傷流血，或許情況是一樣的？』

『不對，他沒有變成活人，他沒有脈搏……』

『雖然沒有心跳，可是他現在的樣子跟活著的時候沒什麼兩樣！』

幽靈老師雙眼發光地看著白光禹，恨不得現在就拉白光禹去檢查！

白光禹被同事們盯得寒毛直豎，連忙轉移話題。

『花寶，妳剛才給我吃的糖果是能夠讓幽靈變成人的糖果嗎？』

這問題一問出口，現場所有目光都集中在花寶身上。

「咪嗚，不是啊，那是能量晶體。」花寶茫然地搖頭。

「花寶製作的能量晶體能量很高，是市面販售的晶體的五點六倍。」商陸解釋道。

『這麼高？』

『這樣看來，我們之前的猜測是對的。只要補充足夠的能量，我們就能像幽靈型契靈一樣，變成實體！』幽靈系老師興奮地握緊拳頭。

『那個能量晶體所有幽靈都能吃嗎？』另一名老師問道：『有沒有什麼限制？』

「咪嗚，所有人和契靈都可以吃！」花寶點頭回答道。

『花寶寶，可以讓爺爺也吃一顆嗎？』

『小乖寶，我也想吃。』

『我也是。』

「咪嗚！好噠！大家都吃糖糖！」

花寶發動技能，製作了一堆能量晶體，笑嘻嘻地跟大家分享。

幽靈們在各自吃下十幾顆能量晶體後，全部變成實體了。

他們興奮地衝向一樓放置儀器的位置，對著自己開始進行各種檢測。

「體重六十八公斤。跟我生前的體重差不多，變成實體後，體重也會跟著變回來嗎？原理是什麼？」

「能量一百一十一萬三千……差不多是中級幽靈契靈的能量值。」

「初級晉升到中級是以百萬能量值作為界定標準，所以……破百萬的能量值就能變成實體？那要是能量值降低到百萬以下，會恢復成幽靈狀態嗎？」

老師們拿著記事本寫寫畫畫，記錄著腦中飛竄的靈感，與匆匆地忙碌著，深夜的紀念館充斥著機器運作和各種討論的聲響。

04

漆黑的天空微微發亮，燦爛的朝陽自東方街道處升起。

日光透過紀念館的大窗戶映入室內，照亮了紀念館內的一切。

花寶昨晚陪伴著老師們，一直撐到深夜十二點，進行論壇簽到後，她就撐不住睡意，直接躺平在小白雲上了。

舒舒服服的睡眠過後，在越來越強烈的日光照映中，花寶迷迷茫茫地甦醒。

她揉了揉眼睛，四下找尋，發現商陸和老師們聚集在紀念館的大門口。

「咪嗚？」

她困惑地喊了一聲，指揮著小白雲朝商陸飛去。

「咪嗚？陸寶早安，大白早安，白老師早安。」

「嗷嗚！早！」

「早安，花寶。」商陸笑著為她梳理亂翹的頭髮。

「早，小花寶。」白老師向她點點頭。

「咪嗚，大家在這裡做什麼？外面有什麼好看的嗎？」

花寶發現他們都站在門口看著外面，好奇地也跟著張望，可是外面一片安靜，住宿的學生都還在睡覺，並沒有什麼特殊情況發生。

「在等教官跑步回來。」白光禹笑著回答。

「咪嗚？跑步？」

原來在老師們完成數據檢測後，突然白老師看著紀念館的大門發呆。

「之前猜測，我們之所以不能離開紀念館，很有可能是一種保護機制。」白光禹自言自語道：「現在我們都實體化了，那麼我們能不能離開這座紀念館了？」

在他們的行動受到限制時，「離開紀念館」的想法就一直縈繞在他們心底，紀念館中沒人的時候他們也會經常做各種嘗試，希望能找出離開紀念館的方法。

聽了白光禹的話，其他人也決定再嘗試看看。

行動力強大的戰鬥教官直接從窗戶跳了出去，並穩穩地落在地面上。

這個畫面讓眾人一陣嘩然。

「出去了！老武出去了！」

「真的可以！」

之前他們進行實驗時，說想跳出窗戶，但他們光是想將手伸出窗戶都會被一層看不見的屏障阻擋！

「哈哈哈！出來了！我出來了！」武教官高興地在草地上空翻、跳躍，來回蹦跳幾下。

「老武，你往外跑跑看，看能跑多遠！」白光禹朝他喊道。

「行！」

武教官瀟灑地朝他們一揮手，隨即邁步朝外狂奔。

老師們便站在門口等他回來，也就是花寶睡醒之後看到的景象。

「咪嗚？教官還沒回來嗎？」

「還沒，都過二十七分鐘了。」另一位老師看著時鐘說道。

「繞學校一圈大概是五公里左右對吧？」老教授問道。

「學校後來又拓寬增建了，現在繞校園一圈大概是十公里。」商陸回道：「以我的速度，跑一圈差不多要四十分鐘。」

普通人跑十公里差不多要五十到六十分鐘，商陸多年鍛鍊，體質又受到契靈的影響，強化不少，速度自然比普通人快上許多。

眾人又等了一會兒，差不多經過了一個小時，這才見到戰鬥教官從遠方跑了回來。

「回來了！回來了！」

「你跑了哪些地方？行動有受到限制嗎？」

「有離開學校嗎？」

「來來來，檢查一下身上的能量！活動了那麼久，能量肯定有減少！」

一群人推著、拉著戰鬥教官，又為他進行了一輪檢查。

「能量減少三萬三千？運動的消耗這麼大嗎？」

「咦？你手上的傷口是怎麼回事？」

「利刃刺穿的傷口，兇器是十二公分長的水果刀，你用手去擋刀刃？」

檢查傷口的教師一臉狐疑，按照武教官的身手，他可以乾脆俐落地空手奪白刃，不至於讓自己受傷。

「所以是因為受傷才會導致能量大量消耗？」

下了檢查台，武教官心情愉快地笑了笑，開始回覆同事們的問題。

「我剛才跑出學校，繞著學校周圍跑了一圈，順便看看現在的街景。」

武教官笑著，露出懷念神色。

「外面的街道變得很繁榮，開了好多間新店，還有二十四小時營業的超商。」

換成他們那個時代，民眾畏懼怪物入侵，根本不敢在夜晚活動，更別提有晚上營業的店舖了。

「半途見到有小混混在搶劫超商，就順手制伏了他們。」

「傷口是我故意弄的，我想要知道受傷以後，會對身體造成什麼影響？」

「手掌被捅穿的時候，我有感覺到細微的能量溢出，外觀看起來就像流血一樣。」

「傷口大概五秒鐘就自動止血了，我可以感覺到有能量聚集在傷口的位置，修復傷口……」

「現在傷口已經快要修復好了。

「我只是繞著學校周圍跑一圈，沒有去更遠的地方，行動沒有受到限制，感覺像是活著的時候……」

頓了頓，武教官又搖頭否定。

「不，現在比活著的時候更好，我覺得現在的自己更加強大。」

武教官握了握拳頭，先前被刀子捅穿的傷口，現在已經癒合了，掌心處完全看不見半點傷痕。

「太好了！我們可以離開紀念館了！」

老師們開心地擊掌慶賀。

不想離開紀念館跟不能離開紀念館是兩回事，沒有人會喜歡自己的行動受限。

而且部分老師的親人現在都還活著，能夠選擇的話，他們當然是希望能回到家裡跟家人團聚！

「之前擬定的計畫，現在可以重新安排了！」

他們之前規劃了一系列的計畫，包括重返教職生活、推進幽靈體系的研究等等。

只是這些計畫都礙於他們的行動受限，被刪減掉許多，現在既然他們不再被困住，那些規劃自然也就可以重新調整了。

後記

《養成守護靈》這個故事，是我以前看了幾篇《精靈寶可夢》的同人小說後，發現我還沒寫過這樣的題材，就也想要開坑寫一篇類似的故事。（笑）

在構思故事的過程中，我一開始設定的「靈」，其實並不是契靈，而是民間的神靈，像是媽祖、三太子、土地公這些神明，或是《山海經》中的神獸們。

當時在臉書粉專上發文詢問讀者的意見，發現神靈的創意雖然好，卻有一定的局限性，考慮再三，最後還是選擇自創的契靈了。（笑）

主角「花寶」的外觀設定我改了很多次，有貓咪、有兔子、有自創的奇幻生物，最後才定下植物擬人的模樣。

她的叫聲「咪嗚」，是從我家貓咪「仔仔」的叫聲中獲得的靈感。

我家仔仔的叫聲奶聲奶氣、柔柔軟軟的，像是小嬰兒在撒嬌的聲音，讓人聽了就忍不住露出微笑，非常好聽！（趁機誇獎我家小帥哥！哈哈！）

《養成守護靈》的敘述視角則是人與契靈並行。我想要寫出人與契靈一家親的溫馨感，也想要描寫大學學生的活潑與活躍，還想要透過學校這個媒介，直接或間接地介紹這個世界。

故事的主要場地位於校園。我已經很久沒有寫校園文了，為了描寫出學生的青春活力，我特地找了不少校園類的小說閱讀，還在網路上找尋學生的相關影片觀看，希望有將學生的感覺描寫出來啦～～

寫《養成守護靈》的時候，部分劇情寫得並不是很順，因為前半段大多是花寶他們的日常，我很擔心日常寫太多會讓人覺得「水」、覺得沒有重點，一直不斷地修修改改，希望最終呈現出的成果大家會喜歡！

以後我會繼續嘗試各種題材，讓自己在不斷學習中成長，也請大家多多支持喔！

國家圖書館出版品預行編目資料

養成守護靈(1) 幻靈的神奇天賦 / 貓邏著. -- 初版.--
臺北市：平裝本 . 2023.06 面；公分(平裝本叢書；
第 549 種)(# 小說；11)

ISBN 978-626-97354-1-9(平裝)

863.59 112006958

平裝本叢書第 549 種
小說 11
養成守護靈
① 幻靈的神奇天賦

作　　者—貓　邏
發 行 人—平　雲
出版發行—平裝本出版有限公司
台北市敦化北路 120 巷 50 號
電話◎ 02-27168888
郵撥帳號◎ 18999606 號
皇冠出版社(香港)有限公司
香港銅鑼灣道 180 號百樂商業中心
19 字樓 1903 室
電話◎ 2529-1778　傳真◎ 2527-0904
總 編 輯—許婷婷
執行主編—平　靜
責任編輯—張懿祥
美術設計—單　宇
行銷企劃—蕭采芹
著作完成日期— 2023 年 2 月
初版一刷日期— 2023 年 6 月

法律顧問—王惠光律師

讀者服務傳真專線◎ 02-27150507
電腦編號◎ 571011
ISBN ◎ 978-626-97354-1-9
Printed in Taiwan
本書定價◎新台幣 280 元 / 港幣 93 元